Learn Ukrainian with Beginner Stories

HypLern Interlinear Project
www.hyplern.com

First edition: 2020, April

Author: Василь Королів
Translation: Kees van den End
Foreword: Camilo Andrés Bonilla Carvajal PhD

ISBN: 978-1-989643-24-2

kees@hyplern.com
www.hyplern.com

Learn Ukrainian with Beginner Stories

Interlinear Ukrainian to English

Author
Василь Королів

Translation
Kees van den End

HypLern Interlinear Project
www.hyplern.com

The HypLern Method

Learning a foreign language should not mean leafing through page after page in a bilingual dictionary until one's fingertips begin to hurt. Quite the contrary, through everyday language use, friendly reading, and direct exposure to the language we can get well on our way towards mastery of the vocabulary and grammar needed to read native texts. In this manner, learners can be successful in the foreign language without too much study of grammar paradigms or rules. Indeed, Seneca expresses in his sixth epistle that "Longum iter est per praecepta, breve et efficax per exempla[1]."

The HypLern series constitutes an effort to provide a highly effective tool for experiential foreign language learning. Those who are genuinely interested in utilizing original literary works to learn a foreign language do not have to use conventional graded texts or adapted versions for novice readers. The former only distort the actual essence of literary works, while the latter are highly reduced in vocabulary and relevant content. This collection aims to bring the lively experience of reading stories as directly told by their very authors to foreign language learners.

Most excited adult language learners will at some point seek their teachers' guidance on the process of learning to read in the foreign language rather than seeking out external opinions. However, both teachers and learners lack a general reading technique or strategy. Oftentimes, students undertake the reading task equipped with nothing more than a bilingual dictionary, a grammar book, and lots of courage. These efforts often end in frustration as the student builds mis-constructed nonsensical sentences after many hours spent on an aimless translation drill.

Consequently, we have decided to develop this series of interlinear translations intended to afford a comprehensive edition of unabridged texts. These texts are presented as they were originally written with no changes in word choice or order. As a result, we have a translated piece conveying the true meaning under every word from the original work. Our readers receive then two books in just one volume: the original version and its translation.

The reading task is no longer a laborious exercise of patiently decoding unclear and seemingly complex paragraphs. What's more, reading becomes an enjoyable and meaningful process of cultural, philosophical and linguistic learning. Independent learners can then acquire expressions and vocabulary while understanding pragmatic and socio-cultural dimensions of the target language by reading in it rather than reading about it.

Our proposal, however, does not claim to be a novelty. Interlinear translation is as old as the Spanish tongue, e.g. "glosses of [Saint] Emilianus", interlinear bibles in Old German, and of course James Hamilton's work in the 1800s. About the latter, we remind the readers, that as a revolutionary freethinker he promoted the publication of Greco-Roman classic works and further pieces in diverse languages. His effort, such as ours, sought to lighten the exhausting task of looking words up in large glossaries as an educational practice: "if there is any thing which fills reflecting men with melancholy and regret, it is the waste of mortal time, parental money, and puerile happiness, in the present method of pursuing Latin and Greek[2]".

Additionally, another influential figure in the same line of thought as Hamilton was John Locke. Locke was also the philosopher and translator of the Fabulae AEsopi in an interlinear plan. In 1600, he was already suggesting that interlinear texts, everyday communication, and use of the target language could be the most appropriate ways to achieve language learning:

> ...the true and genuine Way, and that which I would propose, not only as the easiest and best, wherein a Child might, without pains or Chiding, get a Language which others are wont to be whipt for at School six or seven Years together...[3]

---

1 "The journey is long through precepts, but brief and effective through examples". Seneca, Lucius Annaeus. (1961) Ad Lucilium Epistulae Morales, vol. I. London: W. Heinemann.

2 In: Hamilton, James (1829?) History, principles, practice and results of the Hamiltonian system, with answers to the Edinburgh and Westminster reviews; A lecture delivered at Liverpool; and instructions for the use of the books published on the system. Londres: W. Aylott and Co., 8, Pater Noster Row. p. 29.

3 In: Locke, John. (1693) Some thoughts concerning education. Londres: A. and J. Churchill. pp. 196-7.

Who can benefit from this edition?

We identify three kinds of readers, namely, those who take this work as a search tool, those who want to learn a language by reading authentic materials, and those attempting to read writers in their original language. The HypLern collection constitutes a very effective instrument for all of them.

1. For the first target audience, this edition represents a search tool to connect their mother tongue with that of the writer's. Therefore, they have the opportunity to read over an original literary work in an enriching and certain manner.
2. For the second group, reading every word or idiomatic expression in its actual context of use will yield a strong association between the form, the collocation, and the context. This will have a direct impact on long term learning of passive vocabulary, gradually building genuine reading ability in the original language. This book is an ideal companion not only to independent learners but also to those who take lessons with a teacher. At the same time, the continuous feeling of achievement produced during the process of reading original authors both stimulates and empowers the learner to study[1].
3. Finally, the third kind of reader will notice the same benefits as the previous ones. The proximity of a word and its translation in our interlinear texts is a step further from other collections, such as the Loeb Classical Library. Although their works might be considered the most famous in this genre, the presentation of texts on opposite pages hinders the immediate link between words and their semantic equivalence in our native tongue (or one we have a strong mastery of).

---

1 Some further ways of using the present work include:

1. As you progress through the stories, focus less on the lower line (the English translation). Instead, try to read through the upper line, staying in the foreign language as long as possible.
2. Even if you find glosses or explanatory footnotes about the mechanics of the language, you should make your own hypotheses on word formation and syntactical functions in a sentence. Feel confident about inferring your own language rules and test them progressively. You can also take notes concerning those idiomatic expressions or special language usage that calls your attention for later study.
3. As soon as you finish each text, check the reading in the original version (with no interlinear or parallel translation). This will fulfil the main goal of this collection: bridging the gap between readers and original literary works, training them to read directly and independently.

Why interlinear?

Conventionally speaking, tiresome reading in tricky and exhausting circumstances has been the common definition of learning by texts. This collection offers a friendly reading format where the language is not a stumbling block anymore. Contrastively, our collection presents a language as a vehicle through which readers can attain and understand their authors' written ideas.

While learning to read, most people are urged to use the dictionary and distinguish words from multiple entries. We help readers skip this step by providing the proper translation based on the surrounding context. In so doing, readers have the chance to invest energy and time in understanding the text and learning vocabulary; they read quickly and easily like a skilled horseman cantering through a book.

Thereby we stress the fact that our proposal is not new at all. Others have tried the same before, coming up with evident and substantial outcomes. Certainly, we are not pioneers in designing interlinear texts. Nonetheless, we are nowadays the only, and doubtless, the best, in providing you with interlinear foreign language texts.

Handling instructions

Using this book is very easy. Each text should be read at least three times in order to explore the whole potential of the method. The first phase is devoted to comparing words in the foreign language to those in the mother tongue. This is to say, the upper line is contrasted to the lower line as the following example shows:

На	цвинтарі	у	Хреба	завжди	був	повний	лад	та
On	(the) cemetery	of	Khreb	(it) always	was	fully	system organized	and
порядок,	і	статечний	Вовкулака	міг	вільно	відпочивати		
order	and	(the) stately (the) elderly	Werewolf	could	freely	rest		
на	старість.							
on	old age							
in his old age								

The second phase of reading focuses on capturing the meaning and sense of the original text. As readers gain practice with the method, they should be able to focus on the target language without getting distracted by the translation. New users of the method, however, may find it helpful to cover the translated lines with a piece of paper as illustrated in the image below. Subsequently, they try to understand the meaning of every word, phrase, and entire sentences in the target language itself, drawing on the translation only when necessary. In this phase, the reader should resist the temptation to look at the translation for every word. In doing so, they will find that they are able to understand a good portion of the text by reading directly in the target language, without the crutch of the translation. This is the skill we are looking to train: the ability to read and understand native materials and enjoy them as native speakers do, that being, directly in the original language.

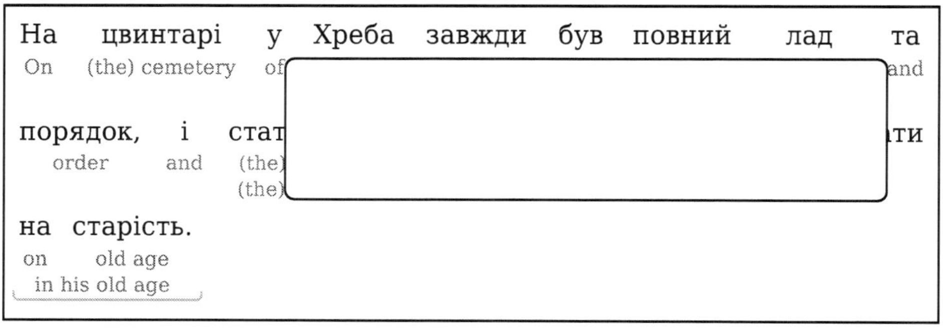

In the final phase, readers will be able to understand the meaning of the text when reading it without additional help. There may be some less common words and phrases which have not cemented themselves yet in the reader's brain, but the majority of the story should not pose any problems. If desired, the reader can use an SRS or some other memorization method to learning these straggling words.

> На цвинтарі у Хреба завжди був повний лад та порядок, і статечний Вовкулака міг вільно відпочивати на старість.

Above all, readers will not have to look every word up in a dictionary to read a text in the foreign language. This otherwise wasted time will be spent concentrating on their principal interest. These new readers will tackle authentic texts while learning their vocabulary and expressions to use in further communicative (written or oral) situations. This book is just one work from an overall series with the same purpose. It really helps those who are afraid of having "poor vocabulary" to feel confident about reading directly in the language. To all of them and to all of you, welcome to the amazing experience of living a foreign language!

Additional tools and links

Find more interlinear books in this language or other languages on amazon.com!

Check out shop.hyplern.com or contact us at info@hyplern.com for free mp3s (if available) and free empty (untranslated) versions of the eBooks that we have on offer. If you bought the Kindle version of this book and it does not work on your reader, you can also ask us for a free pdf version that you can open on your Reader device.

For some of the older eBooks and paperbacks we have Windows, iOS and Android apps available that, next to the interlinear format, allow for a pop-up format, where hovering over a word or clicking on it gives you its meaning. The apps also have any mp3s, if available, and integrated vocabulary practice.

Visit the site hyplern.com for the same functionality online. This is where we will be working non-stop to make all our material available in multiple formats, including audio where available, and vocabulary practice.

And as a last request, please leave a review on amazon.com! It's the best support you can give us :)

Table of Contents

Вовкулака Хреб

Werewolf Khreb

Хреб-Вовкулака так само, як і всі інші Вовкулаки, був
Khreb-Werewolf so himself like also all other Werewolves was

сином престарої Смерті. А як був він одним з перших
(the) son (of) old Death And as was he one of the first

її дітей, то й сам вже був дуже старий та
(of) her children then also himself already (he) was very old and

немічний, а через те й неморторний.
infirm and through that also immobile

Багато тисяч років Хреб вже тинявся по землі.
Many thousands years Khreb already wandered on (the) land

Перебував він по різних сторонах: спочатку по більших
Dwelt he at different sides first on larger

цвинтарях, а потім йому давали все менші й
cemeteries and then him (they) gave all smaller and

спокійніші, де не було важкої роботи. Щоб його
calmer ones where not (it) was heavy work So that his

старі кістки мали більше спокою та відпочинку.
old bones had more peace and rest

Вже більш трьох тисяч років проживав він на
Already more (than) three thousands years lived he on

Вкраїні. Знав майже всі наші видатніші
In-country {Україні; Out-country} Knew almost all our most outstanding

цвинтарі; знав, де поховано того чи іншого нашого
cemeteries knew where buried this or (the) other (of) our

славного небіжчика, бував на знаменитих бойовищах,
glorious dead happened on famous battlefields
had been

де колись річками лилася кров козацька, й
where once rivers poured (of) blood (of the) cossack and

багато доброго зробив він для чесних кісток шляхетних
many good did he for honest bones (of) noble

мерців — запорожців. Тепер же сидів на цвинтарику
dead — cossacks Now then (he) sat on (a) cemetery

малого села й совісно виконував свої нехитрі
(of a) small village and conscientiously performed his simple

обов’язки.
duties

Та, по правді кажучи, не було там чого й
And on truth speaking not (it) was there what also
in truth something

виконувати: таке було спокійне й тихе те село.
to carry out so (much) (it) was calm and quiet that village

Людей в сільці було мало, пошесті навідувались
People in (the) village was little invasions visited
were few

рідко, сама Смерть часто надовго про нього забувала,
rarely itself Death often for a long time about it forgot

отож через те й рідко вмирали тут люди. А коли
so through that also rarely were dying here people And when

хтось і помирав, бо вже через старість не міг
someone also died for already through age not could

далі жити, — то родичі та односельці довгі роки
further live — then relatives and villagers long years

пам’ятали небіжчика. Вони відвідували покійників не
remembered (the) dead man They visited of the dead not

тільки «на гробках», а й в свята, і в неділі та
only on tombs but also in holidays also in on Sunday that

добре доглядали могилки. До того ж і цвинтар
fine looked after (the) cemetery To that same also cemetery

був у гарному, затишному місці, поміж двох зарослих
was in harmony cozy place among two overgrown

байраків, в старій леваді, над тихою, блискучою
(forested) ravines in (an) old meadow over (a) quiet shiny

річкою.
river

На цвинтарі у Хреба завжди був повний лад та
On (the) cemetery of Khreb (it) always was fully system organized and

порядок, і статечний Вовкулака міг вільно відпочивати
order and (the) stately (the) elderly Werewolf could freely rest

на старість.
on old age
in his old age

Кожної ночі виходив він зі своєї хатинки, що була
Each night came out he from his own hut which was

під хрестом найстарішої могили козака-запорожця
under (the) cross (of the) oldest graves (of the) cossack Zaporozhian

Заграйдуди. Тихим кроком обходив усі могилки;
Zagraidudi (With) quiet step (he) went around all (the) cemetery

де-не-де спинявся, щоб розправити якусь квітку,
where-not-where everywhere stopped in order to straighten up some flower

що її нахилив чи зім’яв вітер; де-не-де здмухував
what her inclined or changed wind where-not-where everywhere breathed

порох з старого хреста; деінде підрівнював доріжку
powder with the old cross anywhere leveled (the) path

поміж могилками. А потім виходив на узгір’я, клав
among (the) cemetery And then came out on (the) hills put

біля себе на землю свою блискучу лопату, сідав
near himself on (the) ground his own shiny shovel sat down

на улюбленому пеньку й дивився через цвинтар на
on (the) beloved tree stump and looked over (the) cemetery on

річку, сиві горби та блакитну імлу, що обхоплювала
(the) river gray mounds and blue haze which embraced

собою далеку далину...
itself far away (the) valley

Коли ж була тиха місячна ніч, — то з поля
When already was quiet lunar night — then from (the) fields

й байраків до нього сходилися Хухи та Мавки.
and (the) forested ravines to him converged Huhi and Maws (other spirits)

Часом причвалає сусідній Упир чи прилетить
Sometimes will gallop up (the) neighboring Ghoul or will fly by

кілька старeньких Відьом. А іноді, найчастіше
some elderly Witches And sometimes most often

напровесні, коли між байраками ще не висихав
in the spring when between (the) forested ravines yet not dried up

потічок, припливали з річки чарівні, задумливі
(the) flow swam from (the) river adorable thoughtful

Русалки. Всі вони були раді послухати цікавих
Mermaids All they were glad to listen to (the) interesting

оповідань мудрого Хреба, що так багато бачив та чув
stories (of the) wise Khreb who so much saw and heard

за свій довгий мандрівний вік. Навіть Лісовик, теж
after his long wandering ages Even (the) Woodman also

старий і мудрий, поважав Вовкулаку, бо ж той
old and wise respected (the) Werewolf for already that

бував і по степах, і по лісах, і по великих
happened both on (the) steppes and on in (the) forests and on in (the) large

містах. Тим то й Водяник, всіма поважаний
cities So then also Merman (a by) everyone respected

бородатий дід, не говорив Хребові інакше як
bearded grandfather not spoke to Khreb otherwise as

«дідусю», дарма, що й він мав також не одну
grandpa in vain what since also he had also not (just) one

тисячу років за плечима. Але ж, звісно, що
thousand years behind (the) shoulders But still of course what

Водяники найменше знають про світи, бо вони так,
(the) Mermen least know about (the) world for they so

як і Домовики, здебільшого увесь свій вік сидять
as also (the) Brownies mostly all their age sit

тільки на одному місці — в своїй річці, в озері чи
only on one spot — in its river in (the) lake or

там у болоті...
there in (the) swamp

І старий Хреб розповідав до півнів...
And old Khreb told until (the) rooster (crows)

Одного похмурого дня на цвинтар принесли нового
One gloomy day on (the) cemetery (they) brought (a) new

мерця. Зібралося тут стільки людей, що за весь час
dead Gathered here so many people that for all (the) time
corpse

свого господарювання в цьому місці Хреб ще ніколи й
of his management in this place Khreb yet never also

не бачив. Увесь цвинтар заповнили не тільки місцеві
not saw (The) whole cemetery filled in not only (the) local

та сусідні селяни, а була також сила
and neighboring peasants but (there) was also (a) force

незнайомих панів, що понаїздили відкілясь з далеких
(of) unknown lords who came break away from distant

країн.
lands

Ховали з великою учтою багату паню з
(They) buried with great consideration (a) rich lady from

сусіднього села, яка, вмираючи, написала заповіт,
(the) neighboring village which dying wrote (a) will

щоб її конче було поховано на цьому тихому
in order that her should was buried on this quiet

кладовищі, що лежало в такій чудовій місцевості.
cemetery that lay in such wonderful terrain

Хреб раз у раз бував смутний в день кожного
Khreb time in time happened (to be) sad in (the) day (of) each

похорону, бо ж йому було шкода й таких людей,
funeral for indeed (to) him it was damage a shame and such people

яких приводила сюди його мати Смерть, а ще більше
who brought here his mother Death but even more

тих, що плакали та побивались за небіжчиками. Не
those that cried and hurt for (the) dead Not

знали ж бо вони, що Смерть навмисне
(they) knew indeed for they whom Death intentionally

переводить з цього світу на той світ тих, кому або
transported from this world to that world quiet whom whether

ж було тут погано, або ж в близькому часі
already was here ill or already in near times

загрожувала страшна небезпека та горе...
threatened terrible danger that grief

Сьогодні Хреб не тільки сумував, — він був ще й
Today Khreb not only was sad — he was indeed also

дуже незадоволений. Вовкулака не любив панських
very dissatisfied (The) werewolf not loved lordly

примх та бучної пишноти, з якою ховали
whims and noisy splendors with which (they) buried

мерців-панів. Не любив, бо гадав, що мертвий не
dead lords Not (he) loved for (he) guessed that (the) dead not

потребує земних розкошів, а по-друге — вважав, що
need earthly luxury and second — believed that

там, де з’являється його справедлива мати Смерть,
there where appears his fair mother Death

повинно бути найбільше тихого та щирого жалю, а не
(it) should be most quiet and sincere grief and not

фальшивий, гучний, показний розпач...
false loud ostentatious despair

І тепер він дивився з-за своєї могили на всю
And now he looked from behind his own grave on whole

ту пишноту з великою прикрістю. Слухав, як ті
that splendor with great annoyance Listening as those

пани, що ніби прийшли плакати над мертвою,
ladies who as if have come to cry over (the) dead

розповідали один одному всякі веселі речі й
told one to one all sorts (of) fun things and
one another

непомітно сміялися, бо ж їм цілком байдуже
unnoticed (they) laughed for indeed (to) them quite indifferent

було до небіжки. Чув він, як вони гудили та
(it) was to (the) dead Heard he as they buzzed and

осуджували її. Як лаяли, що вона звеліла поховати
condemned her How (they) scolded that she commanded to bury

себе на глухому цвинтарику глухого села, до якого
herself on (a) dull cemetery (of a) dull village to which

їм було далеко й незручно їхати. Ще дужче
(for) them (it) was far and inconvenient to go Yet stronger

обурювались ті, що мали забрати собі в спадщину
were outraged those what small take part itself in (the) inheritance

добро покійної. Вони навіть забули притишити
good (of the) deceased They even forgot to quiet down
(of the) wealth

свої голоси й, відступивши набік, гірко нарікали на
their voices and retreat aside bitterly lamented on

небіжку, що вона так багато свого добра пороздавала
(the) dead that she so many her own good spent
wealth

ще за життя всяким бідним людям. А ще більше
yet by life to everyone to the poor people And yet more

лютували вони на тих, що поховали померлу в
were furious they on those that buried (the) dead (person) in

дорогих шатах та дорогоцінних прикрасах. Все те, —
expensive shawls and precious decorations All that —

думали вони, — можна було б продати за великі
thought they — possible was would to sell for great
could have been sold much

гроші й забрати собі.
money and take ourselves

— Нехай би вже каверзувала, як хотіла, поки була
— Let would already corrupted as wanted until was
when

жива, — гримали вони. — А то ж на тисячі
alive — thundered they — And then already on thousands

забрала всякого майна ще в домовину з собою!
took away all property already in (the) grave with herself

Це ж просто грабіж! Грабіж бідних родичів!..
It (is) indeed simply looting Looting (the) poor relatives

Всі ті розмови слухав Хреб й все дужче
All those conversations listened to Khreb and all stronger

насуплювався. Тільки те його й потішало, що пані
frowned Only that him also was comforting that (the) lady

за життя була добра, бо роздавала своє майно
by life was good because (she) gave out her own property

вбогим. Тим ще гірше йому було слухати ту лайку,
(to the) poor So yet worse (to) him (it) was to listen to that bickering

якою частували її родичі над незасипаною могилою.
how treated her (the) relatives over (the) unfilled grave

Й він ухвалив, що буде пильно доглядати могилку
And he resolved that (he) will closely watch over (the) grave

доброї пані та всі ті квітки, що на ній повинен
(of the) good lady and all those flowers that on her should

був посадити особливий садівник, котрого привезеш з
was plant special gardener which will bring from
be planted by a special

міста.
(the) city

Але ж розмови на кладовищі чув не тільки
But already (the) conversations on the cemetery heard not only

сам невидимий Вовкулака. Чули їх і два злодії,
(the) himself invisible Werewolf Heard them also two thieves

що прийшли подивитися на пишний похорон та
who came (to) look on (the) magnificent funeral and

сподівалися щось украсти у великому натовпі людей.
were hoping something (to) steal of (the) great crowd (of) people

І коли вони довідались, що в тій труні лежить не
And when they learned that in this coffin lies not

тільки само тіло покійниці, а ще й багато
only (the) very body (of the) dead but yet also many

дорогоцінностей, то й намислили лиху річ.
valuables then also (they) planned (an) evil thing

Тієї ж ночі, коли навколо було темно-пре темно, мов
That very night when around (it) was dark very dark as

у каламарі. — ті два злодії прийшли з лопатами на
in calamari — those two thieves came with shovels on

цвинтар. А саме того вечора Вовкулака Хреб довго
(the) cemetery And same that evening (the) Werewulf Khreb long

працював. Треба ж йому було порозправляти
worked Necessary already to him (it) was to straighten out

пом'яту людьми під час похорону траву,
(the) memory (of) people under (the) time (of the) funeral grass

пригладити нову могилку, позатуляти в ній всі щілини
smooth out (the) new grave cover up in her all cracks

та шпарки, порозправляти стьожки ча вінках, порівняти
and sharps straighten out bows or wreaths compare arrange

квітки. І от, коли саме він поробив уже своє
flowers And there when exactly he did already his own

діло, то зачув, що хтось рипнув хвірткою. Він
work then heard that someone squeaked (the) wicket (gate) He

спинився саме біля панської могили й чекав.
stopped exactly near (the) lady's grave and waited

Тим часом просто до нього підійшли дві людських
That time-with simply to him came up two human
Then

постаті.
figures

— Здається, тут! — промовив один, впізнавши нового
— It seems here — said one recognizing (the) new

білого хреста.
white cross

Другий нахилився до могилки, пошкромадив
(The) other (one) leaned down to (the) grave grabbing

пальцями свіжу, ще незлеглу землю й відповів:
with (his) fingers fresh yet not easy earth and replied

— Вона... Ну, мерщій за роботу!.. Ніч саме така, що
— She Well come on to work Night exactly yes what
It's her

ліпшої й не треба. Ніякий мрець не схоче
better also not necessary None (of the) dead not like

вилазити з теплої труни та й жодний чортяка
to climb from (the) warm coffins and also no devil

сюди не прийде! — грубо жартував злодій.
here not will come — rough was joking (the) thief

— Та напевне й сам Вовкулака боїться лазити в
— And probably also himself Werewolf afraid to climb in

такій темряві, — засміявся й другий, скидаючи з
such darkness — (he) laughed also (the) second dropping from

себе одежину та приправляючи лопату.
himself (the) clothes and got ready (the) shovel

По тому вони враз взялися копати.
At that they at once undertook to dig

Хреб не довго роздумував. Він розправив свої
Khreb not long thought He straightened out his

пазурчасті руки, як лапи у шуліки; високо підвів
gnarly hands as paws of kites high rose he up
birds of prey

вгору свою лопату й випростався перед злодіями.
above his own shovel and straightened before (the) thieves

— Ні, ледацюги!.. Я пітьми не боюся так само, як і
— No vagrants I darkness not fear so itself as also

вас... — гукнув він так гучно, як вистачило сили
you — shouted he so loud as stood out (the) forces

його старечому голосові. — Геть звідси!..
(of) his elderly voice — Away from here

І він замахнувся на них лопатою.
And he swung on them (the) shovel

Його сіро-сиве, мов вечірня імла, волосся засвітилося, як
His gray-gray as evening haze hair lit up as

порохняве дерево, фіалковим світлом; жовте кощаве тіло
powdery tree purple light yellow bones body

вирівнялось і стало дуже високе, а з лопати
leveled and (he) became very high and from (the) shovel
tall

посипались іскри.
fell down sparks

У злодіїв чуб поставав свердлом. Вони остовпіли
Of (the) thieves (the) forelock rose (like a) pick They startled

й не могли ворухнути жодним членом...
and not could move none (body) member

Але ж саме в цей момент в селі заляпав
But already exactly in this moment in (the) villages flapped

крилами перший півень і голосно прокричав:
(the) wings (the) first cock also aloud (he) shouted

— Ку-ку-рі-ку-у!..
— Ku-ku-ri-ku-u

Хреб затремтів, аж йому задзвонили кістки, немов
Khreb trembled until him rang (the) bones like

хтось потрусив торбинку з скляними пляшечками.
someone shook (a) purse with glass bottles

Волосся його потемніло, лопата згасла, й він
(The) hair (of) him darkened (the) shovel went out and he

непомітно шугнув у свою хатинку. Тільки пролунав у
unnoticed snapped in his own hut Only came in

повітрі, мов виття хуртовини, його сумний, тужливий
(the) air like howling blizzards his sad melancholy

плач. Вовкулака вмить втратив свою силу: вже
weep (The) Werewolf immediately lost his own force already

кінчалася ніч, й він мусив бути вдома...
ended (the) night and he should be be home

Коли Вовкулака зник, злодії отямились. Волосся
When (the) Werewolf disappeared (the) thieves became weary (Their) hair

ще стояло на їхніх головах, як щітки. Зуби їм
still stood on their heads as brushes Teeth (of) them

клацали, руки й ноги трусилися, але ж вони
clacked (the) hands and feet were shaking but already they

були запеклі злодії й швидко опанували собою.
were baked thieves and quickly captured themselves
experienced got a hold of

— Тьфу! — сплюнув один. — І привертеться таке
— Ugh — spat one — And get attached such

чортовиння!.. Робімо швидше, бо вже співають півні.
devilry (We) do rather for already (they) sing (the) cocks
Let's go

Можемо не встигнути до світанку...
(We) may not make (it) in time to dawn

Й вони швидко почали відкидати м'яку землю.
And they quickly started to dig out (the) soft earth

Хреб тихо плакав, сидячи в своїй хатці. Він бачив
Khreb quietly cried sitting in his hut He saw

відтіль, як злодії розрили свіжу могилу, як
from there how (the) thieves bursting (the) fresh grave how

розрубали сокирою золочену труну й постягали з
(the) cut down with an ax (the) gilded coffin and grasped from

небіжки всякі дорогоцінності: персні, сережки, хрести...
(the) dead all sorts (of) jewelry rings earrings crosses

Вже ранком, аж коли почало сходити сонце, тільки
Already in the morning until when started to go out (the) sun only

тоді злодії повтікали з цвинтаря.
then (the) thieves escaped from (the) cemetery

Якось того дня ніхто з людей не приходив на
Somehow that day no one of (the) people ~~not~~ came on

цвинтар, а бідолашний Вовкулака вдень не смів
(the) cemetery and (the) hapless Werewolf during the day not dared

привести до ладу могили. З великим нетерпінням
to bring to order (the) graves With great impatience

чекав він ночі, міркуючи, що покличе собі на поміч
awaited he (the) night thinking what will call myself for help

когось з ближчих своїх сусідів: чи Того, що в скелі
someone of close his neighbors or Those who in (the) rocks

сидить, Кам'яника, чи Упиря, чи навіть і старого
sit Stone or Stubborn or even also the old man

Лісовика з Хухами... І тільки почало поночіти,
Woodman with Huhu's And only the beginning (of) midnight

Хреб вже не міг далі стерпіти й виліз зі своєї
Khreb already not could further tolerate and went out of his own

хатки...
hut

Він підійшов до могили, свиснув на лисиць, посварився
He came up to graves whistled at (the) foxes fought

лопатою на вовків й скочив у яму. Тільки він
(with the) shovel at (the) wolves and jumped in (the) hole Only he
with Just as

схилився над останками небіжки, щоб обережно
bowed over (the) remains (of the) dead in order to carefully

позбирати їх докупи, як зачув нагорі чиїсь кроки.
collect them together as (he) heard on top someone's steps

Хреб раптом звівся на рівні ноги й оглянувся.
Khreb suddenly got up again on level feet and looked around

Якийсь пастушок, видимо, запізнився з лук зі
Some shepherd visibly was late from (the) meadow with

своїми вівцями. Великий білий цап перескочив через
his sheep Big white goats jumped over through

рівчак та виспу цвинтаря й плигав по могилах,
(the) ditch and (the) island (of the) cemetery and jumped on (the) graves

а за ним гонився пастушок.
and after them chased (the) shepherd

Вовкулака замахав цапові руками, щоб той ішов
(The) Werewolf waved (the) dirty hands in order to that was going

геть з кладовища, але ж цап дивився в другий
away from (the) cemetery but already (a) goat looked in second

бік і нічого не бачив. Тоді Хреб виплигнув з
side and nothing not saw Then Khreb jumped out from

могили й хотів непомітно сховатися за кущем.
(the) grave and wanted unnoticed flee behind (the) bush

Однак саме в той момент пастушок наблизився до
However exactly in that moment (the) shepherd came nearer to

ями. Він угледів, як майнула біля нього бліда
(the) pit He looked how blinked near him pale

Вовкулакова тінь, побачив розриту яму, пошматоване
Werewolf's shadow saw (the) dug pit banged up

людське тіло, обгризені кістки...
human body gnawed bone

З страшним криком кинувся хлопчик тікати до
With (a) scared shout rushed (the) boy to flee to

села. Там він розповів, що бачив. На цвинтар
(the) village There he told what (he) saw On (the) cemetery

збіглися всі селяни...
came together all (the) villagers

— Не інакше, як Вовкулака розрив ту могилу
— Not anyone else as (the) Werewolf broke open that grave

чужої пані й пообгризав її кістки! — говорили
(of the) foreign Lady and gnawed her bones — talked

повні жаху люди...
full (of) horror (the) people

А ні в чому не винний Хреб, котрий прикладав усіх
And not in anything not was guilty Khreb who applied all

зусиль, щоб оберігати спокій усіх померлих та лад
effort in order to to protect (the) rest (of) all (the) dead and order

на цвинтарі, голосно стогнав з жалю та образи...
on (the) cemetary aloud groaned with sorrow and insult

Люди ж дивувалися, як гулко реве цього тихого
People already were surprised as echo roars this quiet

вечора вітер в байраках, й з того часу
evening (the) wind in (the) forested ravines and after that time

страшно боялися ходити на цвинтар, особливо
terribly were afraid to walk on (the) cemetery especially

увечері!..
(in the) evening

А тим часом там не було нічого страшного...
And that time there not was nothing terrible

Дідько

The Devil

Гу-гу-гу!.. Ого-го!.. Ха-ха-ха!.. — залунало по лісі
Gu-gu-gu Oho-ho Ha-ha-ha — rang out on through (the) forest

тихої літньої ночі.
(on a) quiet summer night

Дві подорожні баби, що йшли на прощу й
Two travelers traveling old women that who were going on straight and

запізнилися завидна дійти до села, злякано
were late by daylight to reach ~~to~~ (the) village in fright

перехрестились, їм стало моторошно, хоча вони й
crossed themselves (to) them became creeped out though they also

гадали, що то закричав пугач.
thought that then it cried (an) owl

Але ж всі лісові створіння добре знали, що то
But already all (the) forest creatures fine knew that then it

гукає Дідько Гепатий, який кожної п’ятниці прибігав у
calls Devil Hepatii which each Friday came running in

ліс з сусіднього великого болота, щоб трохи
(the) forest from (the) neighboring great swamp in order to a bit

побавитися в гурті іншої Невидимої Сили. Любив
have fun in groups (with the) other Invisible Forces Loved

він пожартувати, посміятися, злякати людину чи
he to joke to laugh to scare man or

поглузувати з неї. Коли ж починав оповідати, то
to make fun with of her When already (he) started to narrate then

всі тільки головами крутили. А старий статечний
all only heads twisted And old stately

Лісовик, що увесь час нюхав замість тютюну
Woodman that who all (the) time sniffed instead (of) tobacco

порохню, потихеньку нахилявся до свого товариша
(the) mold slowly bent over to his own comrade

Водяника, непомітно підморгував сивою бровою й
Water-spirit Merman unnoticed winked (the) gray eyebrows and

примовляв:
said

— Слухай, слухай! Бреше Бісів син, мов шовком
— Listen listen Lies (the) demon's son as silk

шиє!..
sews

Водяник задоволено кректав, як жаба-ропуха, спльовував
(The) merman satisfied croaked as (a) toad spat

через губу й смоктав далі свою люлечку з
through (the) lip and sucked further his own tube with of

очеретяним цибухом.
reed bulb

А тим часом Дідько дуже мало брехав. Був він
And so sometimes (the) Devil very little lied Was he

тільки великий хвалько, за що його батько Біс
only (a) big braggart for that his father Bis

розгнівався на нього й послав у болото. Але ж
was angry on him and sent in to the swamp But already

перед тим Дідько багато бачив на своєму віку. Ви
before so (the) Devil much saw at his own age You

ж бо самі знаєте, що Дідько ніколи не сидить
already for yourself know that (the) Devil never not sits

довго на одному місці, а через якийсь час має
long on one place and through after some time has

призначення кудись-інде, де й змінює своє
(an) appointment somewhere where also (he) changes his own

наймення.
name

На Вкраїну Дідько Гепатий прийшов недавно. Спочатку
On In In-country (the) Devil Hepatii came recently First

він довший час сидів мовчки в своєму болоті й не
he (a) long time sat silently in his own swamps and not

заводив жодного знайомства, бо йому було соромно
made any acquaintance for to him (it) was ashamed

признатись, що його покарано. Але ж потім він
to confess that he (was) punished But already then he

надумав казати, що перебрався на якийсь час навмисне
thought up to say that got over for some time intentionally

до болота, бо, мовляв, від довгого ходіння по
to (the) swamps because (they) say from long walking on in

світах придбав собі ревматизм. І нібито лікарі
worlds the world received himself rheumatism And allegedly (the) doctors

наказали йому грітися багном, через те, мовляв, він і
ordered him to bask in the bog through that (they) say he also

сидів у болоті. .
sat in swamps .

Мав він право приходити в ліс тільки раз на
Had he right to come in (the) forest only once on
He was allowed per

тиждень, у п'ятницю, та й то, коли вже зовсім
week in Friday and also then when already completely
on

поночіло. Повертатися ж додому повинен був раніше,
at night Turn already to home should was before
Back home he should be

ніж починали співати півні. Така вже йому була
than began to sing (the) cocks So already him was
to crow

кара. Ця кара була для нього дуже тяжка,
(the) punishment This one punishment was for him very heavy

бо нічого він так не любив, як веселе товариство,
because nothing he so not loved as fun company

де б можна було поговорити, пожартувати, а
where would possible was to speak to joke and

часом встругнути й гопака...
sometimes to surprise also hopak
to trick (Ukrainian dance)

Тут його ще зовсім мало знали, а через те з
Here him yet completely little (they) knew and through that with
because of

великою цікавістю слухали його оповідання. А
great interest (they) were listening to his story And

Дідько, як те й звичайно буває, перед новими
(the) Devil as that also usually happens before new

людьми розповідав насамперед про те, що йому
people told first of all about that what him

траплялося найдивовижнішого в житті. Умів він
happened the most amazing in life Was able he

розповідати гладко, мов з книги вичитувати. А як
to tell smoothly as with books of lecture And as

знав він ще й кількох мов та перечитав чимало
knew he already also several speeches languages and read through many

різних книжок, написаних людьми, то отож таким
different books written (by) people then to such

хуторянам, як Лісовик, Мавки, Хухи, що майже все
dwellers like (the) Woodman Maws Huhi that who almost all

своє життя сидять в одному насидженому місці, пригоди
their life sit in one haunted place adventures

та оповідання Дідькові часто видавалися зовсім
and stories of (the) Devil often seemed completely

неймовірними й неможливими.
incredible and impossible

Однак всі дуже раділи, коли він приходив до них
However everyone much rejoiced when he came to them

на п’ятничні бесіди. Особливо мала Хушва, що поза
on Friday talks Especially little Hush that who outside

своїм ліском, прірвою чи ланом нічого не бачила,
of her own grove gorge or wetland nothing not saw

любила послухати його оповідань й поважала його за
loved to listen to his stories and respected him for

казки...
(his) tales

І тепер, зачувши його голосний вигук з
And now upon hearing his loud exclamation with

викрутасами, вся лісова Невидима Сила поспішала до
twists and turns all (the) forest's Invisible Force hurried to

дворища старого Лісовика, який саме нещодавно
(the) courtyard (of the) old Woodman which very recently

перебрався на нове місце — в дупло старого дуба
moved to (a) new place — in (a) hollow old oak

над річкою, на кручі.
over (the) river on (the) cliffs

Була темно-синя оксамитова ніч. Зорі блимали й
(It) was (a) dark blue velvet night (the) stars blinked and

переливалися різнокольоровим світлом. В темній річці
shimmered (with) multicolored light In (the) dark river

відбивався молодий місяць, неначе плавав у міцному чаї
reflected (the) young moon as though swam swimming in (a) strong tea

жовтий шматочок цитрини. По білому піску послалися
yellow (a) slice (of) lemon On (the) white sand were send

такі чорні тіні, немов хтось порозливав атрамент на
such black shadows like someone impressed ink on

папері. У річці кумкали жаби, а десь
paper In (the) river made kum-kum sounds boomed (the) frogs and somewhere

далеко	на	луках	два	деркачі	пиляли	дошку:
far	on	(the) meadows	two	derkachi (small migratory birds)	sawed pecked	(a) board

дррр-дррр,	дррр-дррр...
drrr-drrr	drrr-drrr

—	Ак-хи!	Добривечір!	Го-го-го!	—	знову	гукнув	Дідько,
—	Ak-hee	Good evening	Go-go-go	—	again	shouted	(the) Devil

побачивши,	що	на	кручі	вже	сиділо	чимале
having seen	that	on	(the) cliffs	already	was sitting	much

товариство.
company

—	Здоров,	здоров,	пане-товаришу!..	—	привітав
—	Health (to you)	Health (to you)	Mr. comrade	—	greeted

його	бородатий	Лісовик.
him	(the) bearded	Woodman

—	Живенькі,	здоровенькі?	—	запитав	Дідько.
—	Lively	healthy	—	asked	(the) Devil

—	Аякже,	аякже!	—	відказав	йому	Водяник,	потираючи
—	Of course	of course	—	replied	him	(the) Merman	rubbing

собі	лисину.	—	Милості	просимо,	брате	Лопотите!
himself	(the) bald head	—	Mercy	please	brother	Blades

Сідай	та	розповідай,	що	там	чути	по	ваших
Sit down	and	tell me	what	there (is)	to hear	on	your

багновиськах?!
marshland

— Та що ж по багновиськах? Сидимо та
— And what (is) already on (the) marshland We are sitting and

старі кістки гоїмо! — почав Дідько, обмахуючись
(the) old bones are healing — started (the) Devil waving

своєю волохатою лапою від комарів. — Маємо
his hairy paw from because of (the) mosquitoes — (We) have

таких самих кусючок, як і ви тут. Просто поїдом їсть
such same pieces as also you here Simply let's go eat

Нечиста Сила! А цікавого, пани-браття, нема в нас
Unclean Force And interesting Mr.-brothers not in us

нічого. Хіба що вчора трохи посміявся, як один
nothing Unless that yesterday slightly (I) laughed as one

міський панич прийшов до нас печерувати
urban gentleman came to us to catch with the hands

раки та й булькнув у болото головою. От,
(the) crayfish and and splashed in swamp (his) head There

братця, бульби дув, незгірш, як наші ропухи! Я
brother bulbs bubbles blew no worse as our frog I

навмисне не хотів його одразу рятувати. Думаю, нехай
intentionally not wanted him at once to save (I) think Let

паничик трошки посьорбає нашої кави! А тільки вже
panic a little bit goes gray our coffee And only already

тоді, як у нього очі почали лізти з лоба,
then as in him (the) eyes started to climb from (the) forehead

підставив йому корча й випхав на берег. От шкода,
set him writhing and blowing on the shore There damage a shame

що ви не бачили, яка то була тютя з
that you not have seen which then (he) was (a) nincompoop with

полив'яним носом! Неначе з мазниці паничик виліз!
(a) watering nose As though from grease panic came out

Ха-ха-ха! Хо-хо!..
Ha-ha-ha Ho-ho

— Подібне нам не раз траплялося бачити! — поважно
— Like that to us not once happened see — seriously
often

відповів Водяник.
replied Merman

— Ти б щось розказав цікавого, заграничного!..
— You would something told interesting foreigner
should tell

Може, щось згадаєш з того вашого Бруквину, чи
Maybe something (you) remember from that your Brookwin or
(Clove)

як там ти його звеш?..
how there you his call

— Та не Бруквин, а Брокен, хуторянине! Ти ніколи
— And not Brookwin but Broken (the) farmer You never

жодного чужоземного слова затямити не годен! Брокен
any foreign word understand not fit Broken

— то є найзнаменитіша гранітна гора на увесь світ,
— then is the most famous granite hill on all (the) world

не то що на саму тільки Німеччину. Туди, братця,
not then that on itself only Germany There brother
except for

вночі під перше травня злітається Невидима Сила зо
at night under (the) first (of) May rises the Invisible Force from
at

всього світу святкувати Вальпургієву Ніч... А ти —
all (over) (the) world to celebrate Walpurgis Night And you —

Бруквин! Наче там брукву садять... Сказати б так,
Brookwin As if there (a) cobblestone (is) planted Say in so

— наш Рим! — гордовито відповів Дідько й підкрутив
— our Rome — arrogantly replied (the) Devil and twisted

угору свої вуса, як звик це робити там, на
up his mustache as used to this to do there on

німецький штиб...
German style

— Ну, та вже добре, добре! Розповідай краще! —
— Well and already fine fine Tell me better —

ніяково промимрив Водяник й пустив туману з
embarrassed muttered (the) Merman and let go fog from

своєї очеретяної люльки.
his own reed pipe

— Так слухайте!..
— So listen

Всі присунулись ближче. З води виткнулося дві
All approached closer From (the) water popped out two

заквітчаних Русалчині голови. Мавка схилилася на
flower covered Mermaid heads (The) Dryad bowed on

плече свого тата Лісовика, а малі Хухи від
(the) shoulder of her own dad Woodman and (the) small Huhi from

задоволення аж терли лапки й щільненько тулилися
satisfaction until rubbed (the) paws and tightly huddled

одна до одної. Жартівливий Перелесник розправив
one to one Playful Perelesnik straightened out
together Wood fairy

своє жовто-гаряче, мов жар, волосся, підстрибнув, як
his own yellow-hot like heat hair bounced as

молодий цап, й раптом сів біля ніг оповідача.
(a) young goat and suddenly sat down near (the) feet (of the) narrator

— Я розповім вам про те, як одного разу я бився з
— I will tell you about that as one time I fought with

лицарем на герці, тобто на турнірі...
(a) knight on battle-mocking (Cossack tradition) that is on tournaments

Було те вже давненько. Коли б не помилитися,
Was that already long ago When would not be mistaken
That was / I'm not mistaken

то буде так з тисячу чи трохи більше людських
then will be so after thousand or slightly more human
that would have been

років перед цим. Я ще почував себе молодим
years before that I yet felt myself (a) young

жевжиком, а моя неня — Відьма, що раніш була в
man and my mommy — (A) witch that who before was in

Азії, саме перейшла тоді до Європи. Оселилися ми тоді
Asia exactly passed then to Europe Settled we then

біля того міста — Аахена, що й тепер є досить
near that city — Aachen that also now is (a) quite

великим німецьким містом, а тоді було столицею,
great German city and then (it) was (the) capital

королівським містом тобто. А був тоді німецьким
(a) royal city that is And (there) was then (a) German

королем... чи то пак! — власне, не німецьким, бо ще
king or then pack — actually not German for yet
of course

тоді не було Німеччини, а жили там такі
then not (there) was Germany and lived there such

здоровецькі лобуряки на наймення франки та сікамбри,
healthy loafers on name (of) Francs and Sykambri
by the

— так-от, кажу, був тоді їхнім королем Карл. Ще його
— yes (I) say was then their king Charles Yet him

потім люди прозивали Великим, але — на мою думку!
then people called Great but — on my opinion

— прозвали зовсім дурно. Нічого великого він не
— (they) called completely bad Nothing (of) great he not
wrong

зробив, як і всі інші королі та царі, між нами
did like also all other kings and tsar's between us

кажучи... Робили за нього інші, а між ними — й
speaking Worked for him others and between them — also

я. Та хоч і не був той Карл дуже мудрим,
I And though also not was that Charles very wise

але ж зарізяка був здоровецький, митець був
nevertheless already (as a) bandit was healthy (as an) artist was

битись!..
to fight

Так-от, коли не бувало війни чи якогось там
Yes when not (there) happened war or some there

походу, з'їздилися туди, до Аахена, багато лицарів на
march have come there to Aachen many knights on

турніри... А я собі заслужив лицарство так.
tournaments And I myself deserved (a) knighthood so
earned

Хоча й забіяка був той король Карл, але ж
Though (he) also (a) bully was that king Charles but already

хтось сказав йому розумну думку, що людям
someone told him (the) wise thought that (to) people
idea

треба не бійки, а спокою, не кулаків, а розуму...
(are) necessary not fights but peace not fists but reason

— Аякже, аякже! — промовив Водяник.
— Of course of course — said Merman

— То правда! — підтакнув Лісовик.
— Then truth — assented (the) Woodman
That is true

— Ну, добре. Так-от і надумав той король вигадати
— Well fine So-there also thought up that king to invent

граматику, тобто, виходить, німецьку, — продовжував
grammar that is comes out in German — continued

Дідько. — А я вже й тоді був добре грамотний, бо
(the) Devil — And I already also then was well literate for

ж таки у азіатів дечого підучився. Та й
already such with (the) Asians somewhat (I) went to school And also

взагалі я був парубійко жвавий та бравий...
in general I was (a) lad brisk and brave

При тих хвастовитих словах Водяник пихнув своєю
At those tailed words (the) Merman pushed his

люлечкою так, що знову покотив туман по всій
pipe so that again rolled (the) fog on throughout

долині, а старий Лісовик голосно нюхнув, аж
(the) valley and old Woodman loudly sniffed until

закашлявся. Русалки ж майже вилізли на берег
(he) coughed (The) mermaids already almost got out on (the) shore

з цікавості.
from curiosity
out of

— Так отож, кажу, був я парубчина моторний та
— So therefore (I) say was I (a) youth mobile and
skillful

завзятий...
persistent

— Та чули вже. Що ж далі? — нетерпляче
— And (we) heard already What already further — impatiently

закректав Водяник.
shouted (the) Merman

— Еге-ге, що ж бо далі? — не стерпів і
— Hege-hee what already for further — not endured also
could keep still

собі Лісовик.
himself (the) Woodman

— Ну, так-от й загадав мені тато Біс, щоб
— Well yes also ordered to me dad Demon in order that

узявся я Карлові допомагати з тією граматикою. Не
undertook I Charles' to help with that grammar Not

дуже, признаться, мені й кортіло до тієї вченості
very (I) confess to me also was tempted to (with) that scholarship
really

мішатися, ну, та що вже маєш робити?! Велено
to become involved well and what already (you) have to do Ordered

— мусиш слухати!..
— (you) must listen

Прийшов я до палацу, немовби захожий чернець.
Came I to (the) palace as if (a) sojourning monk

Враз почав і по-перському, й по-турецькому... Одне
At once (I) started and on Persian and on Turkish (In) one

слово, сподобався я он як королю! А вже біля тої
word liked I him as king And already near those

його граматики упрівало двоє вчених, один, здається,
his grammar perspired two scientists one (it) seems

був Альктіон, а другий — Егінгард. Ну, звісно,
was Alktion and (the) second — Egingard Well of course

король в одну душу, щоб і я йшов тую
(the) king in one soul in order that also I went that
the same spirit

граматику з ними укладати. Самі ж ви, панове
grammar with them conclude Itself already you gentlemen

мої, добре знаєте, що нема нічого в світі
of me well know that not nothing in (the) world

нуднішого, як граматика, а тим паче — німецька.
(is) more boring as grammar and so moreover — (in) German

Отож і не диво, що за короткий час так мені
So also not (a) miracle that after (a) short time so to me

тая праця остобісіла, що просто хоч
such labor made that simply as

з мосту та в воду! А сидіти мушу! От,
with (the) bridge and in (the) water And sit (I) have to There
a hopeless situation

щоб принаймні не заснути, й почав я всякі
in order that at least not (I) fall asleep also started I all sorts

фіглі-міглі витворяти. То вигадаю їм таке слово,
(of) little things to create Then (I) invent (for) them such (a) word

що язиком його не викрутиш, а як писати — то на
that tongue his not (you) twist and how to write — then on

півверсти вистачить. А вони його зараз записують! То
half-mile enough And they him it now record Then

почав їм всякі нові слова вигадувати. Сидить
(I) started (to) them all sorts (of) new words invent Sits

той король, замислиться, а я йому над саме вухо як
that king ponders and I him over by same his ear like

гавкну! А він тоді: а чи не написати б нам
bark And he then and or not write would to us

«гунд» — собака? А ті враз пишуть! А я тоді як
Hund (German) — dog And those at once write And I then as

закумкаю «бре-ке-ке-кекс!» А вони до мене:
I'm having lunch bre-ke-ke-keks And they to me

— Що то буде?
— What then will (it) be

— Водяник, кажу, буде! Хіба ж ви самі не
— Merman (I) say (it) will be Unless already you itself not

знаєте?
(you) know

Вони й знову пишуть...
They also again (they) write

Водяник зареготав:
Merman snarled

— Аякже, аякже! Це добре, що ти й про мене
— Of course of course It (is) well that you also about me

згадав! — промовив він задоволене.
mentioned — said he satisfied

— Звісно, така праця — мені забавка, —
— Of course so (the) work — (was) to me (a) game —

продовжував Гепатий. — Однак бере мене нудьга.
continued Hepatii — However (still) takes me boredom

От і надумав я таке: тільки ото ми посідаємо
There also thought up I such only here we sit

укладати ту граматику, тільки король та мої
to conclude that grammar only (the) king and of me

вчені понадимаються, як сови, а я на них і
(the) scientists are hovering like owls and I on them also

напущу сон. Дивись, вони один по одному тільки
release sleep Look they one by one only

луп-луп очима, та й хропуть. А одного разу так
nod off (with the) eyes and also snore And one time so

я навмисне підставив каламаря королю під саме
I intentionally substituted (the) inkhorn (calamari) (the) king under exactly

обличчя. Так він, як заснув, то й впав просто
(the) face So he as (he) fell asleep then also fell simply

носом у той каламар, а була то таки добряча
(with the) nose in that inkstand and was then such well done

посудина з атраментом, королівська! Так він бульби
vessel with ink royal So he (is) potatoes bubbles

дме, аж шкварчить! А було це, як тепер пам'ятаю,
blowing until squeaks And was this as now (I) remember

саме на його іменини, 28-го січня. Отож, як
exactly on his name day on the 28th (of) January So as

прокинувся він та очунявся, то, хто його по тому не
woke up he and woke up then who him on that not

побачить чорного, як Мурина, то аж лягають зі
will see black as (a) Moor then until lie down from

сміху. А вже особливо доткала за те його мати,
laughing And already especially was touched by that his Mother

Берта Довгонога! Отож і стала та граматика така,
Berta Broadfoot So also began and grammar (is) such

що й досі хто її береться вчити,
that also until now who her is taken to teach
it has

не може над нею не заснути. Не диво ж, що
not may over her not fall asleep Not (a) miracle already that
will fall asleep from it

навіть сам той король Карл, скільки я його носом
even himself that king Charles however much I his nose

в каламар не товкмачив, до самісінької смерті не
in (the) inkstand not pushed until his very death not

навчився грамотно писати!..
learned competently to write

Ну, так ото. як він засне, то я швидше з хати.
Well so here as he sleeps then I (go) speedy from (the) house

В сінях зміню свій вигляд на якогось там пажа,
In (the) shadows (I) change my appearance on some there page

та — до бабинця!.. Там тоді — смішки та
and — to (the) grandmother There Then — smiles and

веселощі...
merriment

Й полюбився я дуже самій королеві.
And fell in love I (with) very herself (the) queen

— Чого тільки, каже, схочеш, все для тебе зроблю,
— What only say (you) want all for you (I) will do

говорить!
(she) says

Бо ж таки чоловік у неї був під черевиком: в
For already such (the) man of her was under (her) shoe in

усьому її слухався. Звісно, мені нічого від неї не
everything her (he) obeyed Of course to me nothing from her not

треба, бо я й сам зроблю, що захочу. Однак
necessary for I also myself will do what (I) want However

намовив я її для жарту, щоб примусила вона короля
coaxed I her for (a) joke so that forced she (the) king

дати тому ченцеві, що над граматикою пріє, — тобто,
to give that monk that over (the) grammar rots — that is

виходить — мені! — звання барона. Карл спочатку
comes out — to me — (the) rank (of) baron Charles first
it turns out

кочевряжився, але ж вона як насіла на нього —
staggered but already she as sits on him —
insists of

мусив послухати. От стали мене величати бароном,
must listen There (they) began me to call (a) baron

почали кликати на всякі бенкети, одне слово, туди,
started to call on all sorts (of) banquets one word there

куди б ченцеві не слід було... Але що ж я
where would (of a) monk not trace (it) was But what already I

можу чинити проти волі королівської?! От було
can do against (the) will royal There (it) was

сміху!.. Далі захотів я знову, щоб зробили мене
laughter Further wanted I again so that (they) made me

членом наукової академії. Бо ж, самі
member (of the) scientific academy For already yourself

розумієте, я їм науку роблю! Зробили. Але я на
(you) understand I (to) them science made (They) did But I on

тому не заспокоївся. Захотів ще бути єпископом й
that not calmed down Wanted yet to be (a) bishop and

сам тепер не згадаю нащо, тобто, по-тутешньому
myself now not will remember on-what why that is by here those in our own context

кажучи, архієреєм...
speaking (an orthodox) bishop

Всі слухачі аж затрусилися зі сміху.
All listeners ~~until~~ shook from laughing

— Ні, це вже не смішки! — говорив далі сумним
— No It (is) already not smiles — spoke further (with a) sad

голосом Дідько. — За це вже мені тато
voice (the) Devil — For this already to me dad

встругнули моркви... Трохи навіть вуха боліли... Одне
blew up (the) carrots (was very angry) Slightly even (the) ears were hurting One

слово, мало-мало мене не вигнали з тої сторони...
word little by little me ~~not~~ kicked out from those sides

А мені таки там добре велося. Зажив я слави
And to me so there fine was conducted Earned I (the) glory
myself had conducted

ученої, зазнав і розкошів королівських...
scientist suffered also (the) luxury (of) royalty

— Ну, а як же ж герць з лицарями?
— Well and how then already (the) battle-mocking with knights
(Cossack tradition)

— запитав Водяник.
— asked (the) Merman

— А! Герць? Так, так! Я ж про
— Ah (The) battle-mocking So so I already about
(Cossack tradition)

герць мав розповідати!.. Так почекайте ж.
(the) battle-mocking had to tell So wait already
(Cossack tradition)

Ото як зірвалося у мене з єпископством й
Here (is) how was ripped away in me from (the) bishopric and

висвятили мене тато по-своєму, то й знов я
consecrated me (the) dad in his own way then also again I
punished

взявся до тієї граматики. А як трошки попереднє
undertook to that grammar And as a little bit (the) previous

забулося й був саме один турнір лицарський, я й
was forgotten also was exactly one tournament chivalrous I also

надумав: а чи не встругнути б їм якоїсь такої
thought up but why not to plunge in (to) them some such

штуки, щоб вони всі й вуха розвісили? От
pieces so that they all also (the) ears hung up There

поз'їздилися лицарі на бій, а було умовлено, хто
rode out (the) knights on fight and (it) was agreed who

всіх переможе, за того віддасть король свою доньку.
of all will win for that will give (the) king his own daughter

Подивився я на себе в люстро: чим не молодець?
Looked I on myself in (the) mirror what not well done

Ставний, стрункий, вус чорний, брови на
Stately slender (a) mustache black eyebrows on
like

шнурочку!.. Чом би мені не бути королівським зятем?..
laces Why would to me not be (the) royal son-in-law
I

Тоді я швиденько...
Then I quickly

Десь далеко в селі хрипким голосом
Somewhere far in (the) villages (with) hoarse voice

закукурікав півень. Дідько затремтів, схопився, мов
started to crow (the) rooster (The) Devil trembled jumped as

обпечений і, не сказавши навіть «на добраніч»,
baked and not saying even ~~on~~ good night
stung

дременув до свого багновиська.
rushed to his own swamp

Зайво йому гукало все товариство, що то якийсь
Superfluous to him sounded all (the) company that then some
Unnecessary

молодий півник спросонку закричав не до речі. Дідько
young cockerel at last cried not to things (The) Devil
by the way

біг так, що тільки п’ятки вилискувались,
ran so that only (the) heels were squeezed out

аж залопотіло!
until burst
that they almost burst

— Еге! Видко лицаря по п’ятах! Лопотить! — зареготав
— Eh Visible (a) knight on heels Slaps — growled
There is (feet slapping)

Лісовик.
(the) Woodman

— Аякже, аякже! Мабуть, добре пам’ятає татову
— Of course of course Apparently (he) well remembers (his) daddy's

морковку! — підтакнув і Водяник.
carrots — assented also (the) Merman
punishment

Тільки аж в другу п’ятницю докінчив своє
Only until in (the) other Friday (he) finished his own
the second

оповідання Дідько Гепатий.
story (the) Devil Hepatii

Коли і ви хочете його знати, то запитайте вашого
When also you want it to know then ask your

дідуся: він чув його не раз. А коли говоритиме, що
grandfather he heard it not once And when (he) says that
often

забув, то просіть дужче, аж поки таки не
(he) forgot then please stronger until that time so ~~not~~

розкаже...
(he) will tell

Дюдя

Judya

Тато Зайчик витер лапкою вуса, відклав набік
Dad Hare wiped (with the) paw (the) mustache set aside

шматочок капустяного качана й промовив,
(a) slice (of) cabbage heading out and said

повернувшись до своїх зайченят, що гарнесенько
turning himself to his little hares who prettily

посідали навколо нього на задніх лапках:
sat around him on rear paws

— Так-от, дітки. Ви тепер вже повиростали. Знаєте ви
— Yes kids You now already grew Know you

увесь наш заячий звичай, маєте прудкі, міцні ноги й
all our hare custom (you) have flexible strong legs and

теплі кожушки, на які так нарікали влітку. То
warm fur coats on how so (you) lamented in summer Then

правда — літом в них трошки парко, але ж
truth — (in the) summer in them a little bit (it is) sultry it was warm but already

зате нині, коли вже почалися холодні ночі та
for this now when already started will start (the) cold nights and

вранішні заморозки, вам буде саме добре. Ще за
morning frosts you will be very fine Yet after

місяць кожушки поробляться більш пухкими, а тоді
(a) month (the) fur coats will become more plump and then

вже ви навіть не боятиметесь Дюді...
already you even not will be afraid of Judya

— А хто ж то такий — Дюдя? — запитав
— And who already then such — Judya — asked
is

старшенький Зайчик-Стрибанчик.
the oldest Hare-Jumper

— А ти не лізь поперед батька в пекло! — спинила
— And you not climb ahead of father in hell — stopped
(Don't speak before father)

його Зайчиха, шинкуючи на зиму капусту. — Коли
him (the) little hares shredding on (the) winter cabbage — When
munching

говорять тато, мусите слухати звичайненько й не
speaks dad (you) must listen normally and not

перебаранчати. Запитають щось, тоді й ви
overbear (They) will ask something then also you

говоритимете.
will talk

Тато Зайчик відкашлявся, бо він вчора, вгрівшись,
Dad Hare cleared his throat for he yesterday got hot

напився холодної води й був трошки застуджений.
drank cold water and was a little bit cold
had of a cold

Через хвильку він продовжував далі:
Through (a) moment he continued further
After

— А Дюдя — то така стара бабуся, невидима
— And Judya — then so old grandmother (of the) invisible

людям, як, наприклад, Водяник, чи Лісовик, чи та
people as for example (the) Merman or (the) Woodman or also

сусідня бабуня — Відьма, що недавно приносила
(the) neighboring granny — (the) Witch that recently brought

вам солодкої моркви...
you (the) sweet carrots

Дюдя стара-престара, вся сива, як молочко, але
Judya old-old all grayish white as milk but
is very old

ж ще має гострі зуби та цупкі руки. Ви її ще не
already yet has sharp teeth and strong hands You her yet not

бачили. Та й слава Богу, бо часто трапляється, що
have seen And also glory God for often happens that
thank

хто її зблизька побачить, не лишиться живий. А не
who her (from) close will see ~~not~~ will lose (the) live And not

бачили ви її через те, що вона ціле літо
saw you her through that that she (the) whole summer
have seen because of

спить, прокидається ж тільки на зиму. Живе
sleeps (she) will wake up herself already only on winter Lives
in

вона у вершечку кам'яної високої гори Гострячки,
she in (the) top (of the) stone high mountains of Gostryachka
on

далеко від нашого лісу. Живе вона дуже пишно в
far from our forest Lives she very magnificently in

кришталевому Морозенковому палаці.
(a) crystal Frost palace

Щозими, коли до нашого краю могутній Дід
Every winter when to our land (the) powerful Grandfather

Мороз присилає з Північної Сторони одного з своїх
Frost sends from (the) Northern Side one of his

синів, Морозенка, тоді тільки прокидається бабуся
sons Morozenka then only will wake herself up (the) grandmother

Дюдя. Вона розбуркує всю челядь й велить чистити
Judya She unleashes all servants and commands to clean

та прибирати Морозенків палац. Спросонку челядники
and tidy up (the) Frost palace Not fully awake (the) apprentices

часто нароблять не так, як треба, тоді Дюдя
often will do not so as (is) necessary then Judya

починає гніватись. Кличе вона свою старшу дочку
begins to get angry Calls she her own eldest daughter

Віхолу, таку ж, між нами кажучи, ледачу, як і
Whirlwind so already between us speaking lazy as also

сама мати, бо Віхола ще дужче любить спати, як
(the) same mother for Whirlwind even stronger loves to sleep as
than

сама Дюдя! Ну, а як прокинеться Віхола, то враз
herself Judya Well but as will wake up herself Whirlwind then at once

закрутить таке, що й світу Божого не видко!..
(she) will spin such that also (the) world Of god not (is) visible

Звичайно, люди дуже бояться Віхоли, а ще більше —
Usually people much fear Whirlwind and even more —

Дюді, бо коли вони гніваються, то й справді стають
Judya for when they get angry then also indeed will become

страшні. Тоді люди замикаються по хатах й
scary Then people will lock themselves on (the) houses and
in

носа надвір не витикають.
(the) nose outside not will stick out

Нам же дуже боятися Дюді не треба, бо вона
To us already much to fear Judya not (is) necessary for she

може наробити шкоди тільки ледачим зайцям, що не
maybe to do harm only to lazy hares that not

котять швидко бігати. Навпаки, ми повинні пам’ятати,
roll quickly to run Vice versa we should remember
move

що коли лютують Дюдя та Віхола, то нам в той час
that when roam Judya and Whirlwind then to us in that time

менше небезпеки від нашого найстрашнішого ворога —
less dangers from (of) our worst enemy —

людини. Отож, хоч би як страшно вила Дюдя, ви
(the) human So though would as terribly howled Judya you

не лякайтеся. Тільки мусите добре навчитися, як
not be scared Only must (you) well learn as

треба вгадувати під час завірюхи напрям в
(it's) necessary to guess under time (of) blizzards (the) direction in

лісі. А для того треба придивлятися, з
(the) forest And for that (it's) necessary to look from

якого боку буде мох на соснах. Треба також...
which side will be moss on (the) pine trees Necessary also

І тато Зайчик почав навчати своїх дітей, як слід
And dad Hare started to teach his children how (a) trace

петляти по чистому снігу, щоб збити з пантелику
to loop on clean snow in order to to strike with confusion
to zig-zag

ворога — людину. Як можна під час завірюхи, що
(the) enemy — man As (is) possible under time (of) blizzards that
humans

робить Віхола, бігти додому просто, бо ж не буде
makes Whirlwind to run to-house simply for already not will be
home

знати жодних їхніх слідів. Як треба бігати
to know none (of) them traces As (it's) necessary to run
to recognize That

під великий мороз, щоб не поприморожувати собі
under (a) big frost in order to not freeze yourself

лапок. Як і де треба розгромаджувати сніг,
(the) paws As also where necessary to smash through (the) snow

щоб знайти собі їжу, бо те, що мама поскладала
in order to to find yourself food for that that mother arranged
this can arrange

про запас, потрібно зберігати на чорний день...
~~about~~ stock (it's) necessary to save for (a) black (the) day
the pantry a bad

Зайченята уважно слухали татову науку, а потім
(The) little hares closely were listening (their) daddy's teaching but then

кожного дня прислухалися, чи не виє ще бабуся
each day listened whether not howls yet grandmother

Дюдя?! Часто вони розпитували про неї й у тата,
Judya Often they questioned about her also with dad

й у знайомих дядьків Зайчиків, у синичок та
and with acquainted uncle Hares with (the) chickadees and
from from

посмітюх, у маленьких Хух. Але ж
mocking birds with (the) little Huh's But already
from forest spirits

виявилося, що ніхто з тутешніх зайчиків на власні
(itself) turned out that none from here hares on their own
with

очі ніколи її не бачив, пташки також ховалися у свої
eyes never her ~~not~~ saw (the) birds also were hiding in their
ever

гнізда, коли Дюдя починала вити. Тільки знайшлася
nests when Judya began to howl Only found

одна стара Хуха, що якось здалеку побачила Дюдю,
one old Huh that somehow from afar saw Judya
forest spirit who

але ж перелякалася, а через те не могла
but already was scared and through that not could

докладно про неї розповісти. Знала тільки добре, де
in detail about her tell (She) knew only well where

стоїть кришталевий Морозенків палац, в якому живе
stands (the) crystal Frost palace in which lives

Дюдя.
Judya

Все це було страшенно цікаво зайченятам, а
All this was terribly interesting (to the) little hares and

найбільше — моторному та завзятому юнакові
most — (to the) energetic and persistent young

Зайчикові-Стрибанчикові. А хоч мав він і розумну
Hare-Jumper And though had he also (a) wise

голову, та була в нього запальна вдача. Отож, як
head but was in him (an) incendiary nature So as

закортить йому чогось, то, мовляв, хоч кров з
ran him something then (they) say as (of) blood from
unstoppable went

носа, а він тільки про те й думає!..
(the) nose And he only about that also thinks

Тепер же йому невимовно кортіло побачити на
Now already him terribly was tempted to see on
he with

власні очі стару Дюдю та дочку її, Віхолу. А
his own eyes (the) old Judya and (the) daughter (of) her Whirlwind And

коли вже не їх самих, то бодай принаймні той
when already not them same then even at least that
selves

чудовий кришталевий палац Морозенків, про який так
remarkable crystal palace of Frost about which so

багато було оповідань. По кілька годин дивився він у
many (it) was stories On some hours looked he in
there were

той бік, де стояла гора Гострячка, що видавалася
that side where stood (the) hill Gostryachka that seemed

від їхнього лісу блакитною хмаринкою.
from their forest (a) blue cloud

Від своєї бабусі, що була ще жива, чув він не раз,
From his own grandmother that was still alive heard he not once
often

що всяке діло краще робити гуртом, як самому. От
that any work (was) better to do together as by yourself There
than So

і почав він підмовляти одного по одному своїх братів
also started he to instigate one by one his brothers

та однолітків-сусідів, щоб усією громадою
and peers-neighbors in order that all (the) community

помандрувати до гори Гострячки, знайти в ній
travel to mountain Gostryachka find in her

Морозенків палац та побувати в ньому.
(the) Frost palace and visit ~~in~~ him
it

— От тоді, — говорив він, — ми знатимемо те, чого
— There then — spoke he — we (will) know that what

ніхто в нашому лісі не знає!
no one in our forest ~~not~~ knows

А кому ж не цікаво знати те, чого ніхто не
And to whom already (it's) not interesting to know that what no one ~~not~~

знає?!
knows

І от так палко він доводив свою думку, так
And there so fervently he argued his own opinion so

цікаво розмальовував майбутню подорож, що знайшлося
interesting painted (the) future travel that (he) found

чимало таких сміливих юнаків із заячого кодла, що
many such bold young men from the hare brood that

пристали до Зайчика-Стрибанчика. Коли ж вони
joined to Hare-Jumper When already they

твердо намислили податися в ту страшну подорож, то
firmly planned to go in that scary voyage then

вирішили, що першої неділі вранці, як старі Зайці
(they) decided that (the) first Sunday in the morning as old Hare

спатимуть довше, ніж в будній день, удосвіта вирушать
will sleep longer than in (a) week day at dawn (they) will go

із дому.
from (the) home

Зайчик-Стрибайчик добре розумів, що треба було
Hare-Jumper well understood that necessary (it) was

поспішати, бо вже давно повтікали з лісу птиці,
to hurry for already long escaped from (the) forest birds

що відлітають восени до вирію. На прощання вони
that fly away (in) fall to migrate On farewell they

говорили:
said

— Маємо звістку, що вже швидко прийде Морозенко.
— (We) have news that already quickly will come Frost

Кажуть, що цей буде дуже сердитий. Прощавайте до
(They) say that this one will be very angry Farewell until

весни!..
spring

Перелетіли понад лісом великі довгошиї лебеді,
(There) flew over over (the) forest great long swans

перелетіли й чубаті журавлі, довгоносі лісові кулики,
flew over also crested cranes long-legged forest waders

летіло й багато іншої, незнаної в тих місцях птиці.
was flying also many others unknown in those places birds

І всі вони, сідаючи відпочити або в озері, що було
And all they sitting down to relax or in (the) lake that was

серед лісу, або спиняючись і в самому лісі, на
among (the) forest or pausing and in the same (the) forest on

землі, говорили в один голос:
(the) land talked in one voice

— Старий Мороз вже розсилає по землі своїх синів.
— Old Frost already sends on (the) land his sons

Швидко й до вас прийде новий Морозенко.
Quickly also to you will come new Frost

— А не чули, який він? — питалися всі в лісі.
— And not heard how he (is) — asked all in (the) forest

— Чули! Кажуть — дуже, дуже лютий, як ловецький
— Heard (they) say — very very fierce like (a) hunter

пес! Гемонська душа!.. Принесе він вам круту зиму.
dog Hemonish soul Will bring he you cool winter

Начувайтеся!..
Be well

Все те чув і Зайчик-Стрибанчик. Бачив він також,
All that heard also Hare-Jumper Saw he also

як після тих звісток всі, хто був у лісі, з
how after those that news all who was in (the) forest with

великим поспіхом без відпочинку готувалися до зими.
great haste without rest were preparing for winter

Лагодили хатки, наносили якнайбільше моху, робили
Fixed houses applied as much as possible moss made

величезні запаси всякого корму. І сам він з
huge stocks (of) all kinds (of) fodder And himself he with

своїм татом, мамою та братами бігали щоночі за
his own dad mom and brothers were running every night for

новими качанами. Навіть старесенька бабуся — й
new cabbages Even old lady grandmother — also

та, підпираючись ключкою, ходила на панські городи
that (one) leaning herself (on a) stick went on lordly gardens

по моркву.
for carrots

Всі поспішали й вже тепер тремтіли та нарікали.
All were in a hurry and already now trembled and lamented

Плакали вивірки, пищали та охали польові миші,
Cried (the) squirrels screamed and moaned (the) field mice

маленькі синички-сикорки жалібно цвірінькали, що
small little tits plaintively tweeted that

надходить біда, що вони тієї страшної зими не
coming misfortune that they such terrible winter not

витримають.
will stand

Дуже моторошно було все те чути й бачити
Very frightful (it) was all that to hear and to see

Зайчикові-Стрибанчикові. Тим-то він і сам квапився
Hare-Jumper So he and himself hurried

та й своїх товаришів підганяв, бо, — по правді
and also his comrades pressed for — on (the) truth

кажучи, — таки й сам боявся тепер, щоб не
speaking — so also themselves were afraid now in order to not

прибігти до гори Гострячки тоді, коли вже туди
run to (the) mountains Gostryachki then when already there

прилетить страшний Морозенко та прокинеться Дюдя
will fly (the) terrible Frost and will wake up Judya

з своєю дочкою Віхолою. А тим часом йому ще
with her daughter Whirlwind And so sometimes him yet

дужче кортіло податися в мандри, бо ж він
stronger was tempted to give himself in wanderings for already he
to go on

розумів, що, коли він щасливо поверне до свого лісу,
understood that when he happily will return to his own forest
successfully

всі будуть вважати його за хороброго зайчика, за
all will respect him for (a) brave hare for
as as

заячого героя. А це ж трапляється так рідко!
(a) hare hero And this already happens so rarely

Потихеньку, щоб ніхто не бачив, поробили
Slowly in order that no one not saw made

зайченята собі подорожні торбинки з міцного
(the) little hares themselves travelers pouches with durable
traveling

дубового листу. Позшивали їх доброю кропив’яною
oak leaves Sewed them (with) good nettle

волокниною, понакладали на дорогу, хто що любив:
fiber (they) put in for (the) road who that loved

той — запашної травиці, той — капусти, інші —
that one — fragrant grass that one — cabbage others —
this one the other

коріння різного, — а ввечері в листопадову суботу
roots different — and at night in (a) November saturday
on

вже всі були готові. Навіть листи на кленових
already all were ready Even leaves on maple trees

листочках до батьків понаписували, що, мовляв, підуть
leaflets to parents (they) wrote that (they) say go away

вони на короткий час у світи, пошукати
they for (a) short time in lights the world to search

щастя-долі, а за кілька днів повернуться й
happiness and destiny And after some days will return and

просять на них не гніватись, що відходять без
are asking on them not to be angry that (they) depart without

батьківського дозволу.
parent permission

Ну, добре.
Well fine

В неділю, ще й на світ не благословлялося,
In On Sunday already also on world not was blessed

подалося їх двадцятеро й дев'ять зайченят, а
turned out themselves went them twenty and nine little hares and

Зайчик-Стрибанчик — тридцятенький — поперед усіх за
Hare-Jumper — thirty — ahead of all as

ватажка. Весело утікала позад них дорога. Перебігли
(the) leader Cheerful ran away behind them (the) road Overran

вони широкий степ, перескочили глибоку долину, минули
they (the) wide steppe jumped over deep valleys passed

й скелясті байраки, повні сірих вовків, знайшли
also rocky ravines full of gray wolves found

назначений їм Хухою брід через річку, а далі
(the) pointed out (to) them (by) Huhu ford across (the) river And further

подалися кущами верболозу та очеретами, просто
moved (through the) bushes (of) willow and reeds straight

понад річкою до гори Гострячки.
over (the) river to (the) mountain Gostryachka

Горобці, синички, щиглі, посмітюхи та інші малі
Sparrows tits finches larks and other small

пташки, що бояться далекої дороги до вирію й
birds that who are afraid of distant roads to decide also

лишаються у нас на зиму, дуже дивувалися, куди
remain with us for (the) winter very were surprised where

мандрує така сила молодих зайченят.
travels so (the) force (of) young little hares

— Куди це вас Бог несе, хлопці-молодці? —
— Where (is) it (that) you God carries good fellows —

питалися вони.
asked they

— Та кличе нас до себе в гостину бабуся
— And is calling us to herself in (the) living room grandmother

Дюдя! — відповідав, жартуючи, хитрий
Judya — answered (they) joking cunning

Зайчик-Стрибанчик. — Поспішаємо до Морозенкового
Hare-Jumper — (We) hurry to (the) Frost

палацу!
palace

— Чи ж ви знаєте, прудивуси, куди до того
— Or already you know whiskered ones where to that
So

палацу хід? — спитався їх старий водяний
(the) palace (is the) course — asked them (the) old water

Щур, що сидів в очереті.
Rat that sat in (the) reeds

— Знаємо, дядьку. Нам все до ладу розповіла лісова
— (We) know uncle To us all to order told (the) forest's
in

Хуха, що була раніш Печерницею та жила в тій
Huha that was before The cave and lived in this
spirit

горі, в печері...
mountains in (a) cave

Й, не зупиняючись, вони стрибали далі.
And not stopping they jumped further

Щоб не спіткати якогось лихого мисливця, —
In order not to meet some evil hunter —

вдень вони бігли тільки очеретами. Це трохи
during the day they ran only (through the) reeds This slightly

затримувало їхню мандрівку, бо там не було так
delayed their journey for there not (it) was so

зручно бігти, як в чистому полі. Тим-то лише
easy to run as in (the) clean field So only
the open

надвечір четвертого дня вони зупинилися ночувати
(in the) evening (of the) fourth day they stopped to sleep

під самою горою Гострячкою. Коли ж мандрівники
under the same mountain Gostryachka When already (the) travelers

прокинулися вранці від холоду, то були
woke up (in the) morning from cold then (they) were

здивовані красним видовиськом. Перед ними стояла
surprised (by a) beautiful spectacle Before them stood

висока-превисока шпичата гора, вся
high-very high (on the) tip (of the) mountain all

ніжно-блакитна й наче наскрізь прозора. Довкола все
pale blue and as if through transparent Around all

було біле, немов виложене березовою корою.
(it) was white like laid out birch bark

Помітили й мандрівники, що тут вже й сама
Noticed also (the) travelers that here already also itself

земля не така, як була у них. Їхні ніжки
(the) land not (was) such as (it) was with them Their legs

ступали по білому, холодному, пухкому пороху, на якому
stepped on white cold loose powder on which

виразно лишалися їхні сліди. А коли зійшло з-за
clearly remained their traces And when came down from behind

гори ясне сонечко, то все навколо так засяяло
(the) mountains (a) clear little sun then all around so shone

та заблищало, що в них аж сльози з очей
and was shining that in them until tears with (the) eyes

покотилися. Тепер вже вся гора й навколо все
rolled caused Now already all (the) hill and around everything

було однаково ясно-біле, переливало різнокольоровими
was equally light white overflowed multicolored

іскрами, що згасали в цілком блакитних, як літнє
sparks that faded away in full blue as (the) summer

небо, тінях...
sky shadows

Казкова краса захопила зайченят. Тепер вони вже
Fabulous beauty captured (the) little hares Now they already

й самі бачили, що та гора не проста, а
also self saw that and (the) mountain not simple but

чарівна. А від того їм ще більше закортіло
charming And from that (to) them yet more became eager

добігти якнайскорше до Морозенкового палацу. Всі вони
to run as soon as possible to (the) Frost palace All they

були молоді, народилися тільки весною, й тому
were young ones born only (in the) spring and that

жоден з них ще ніколи не бачив снігу, що тепер
none with them yet never not saw snow that now

їх так здивував. Отож вони думали, що то так
them so surprised So they thought that then so

блищить кришталь. А тим часом перед ранком,
shines crystal And so sometimes before (in the) morning

як вони ще спали в кущах, непомітно випав перший,
as they yet slept in bushes unnoticed fell out (the) first

невеликий сніг, бо тієї ночі прибув до свого палацу
little snow for that night arrived to his own palace

Морозенко.
Frost

Чимдуж подалися мандрівники вгору. Біглося
With-what-spirit gave themselves travelers in-up Themselves ran
Frantically moved the travelers up

їм добре, бо ж вони взагалі нагору вміли
them well for already they in general up (they) were able

бігти краще, як навіть по рівному. Менш як за
to run better as even on equal Less as after
than level ground than

годину опинилися вони на самому вершечку гори.
(an) hour were they on the very top (of the) mountain

Оббігли навколо гостряка й під величавою скелею
Ran around around (the) tip and under (a) majestic rock

побачили щілину, ніби вхід.
(they) saw (a) gap as if (an) entrance

— От це ж воно й є. Так і казала Хуха. Ну,
— There It (is) already it also is So also said Huha Well

братці! Тихо, за мною! — по військовому
brethren Quietly after me — on (the) military (manner)

скомандував Зайчик-Стрибанчик й перший стрибнув у
commanded Hare-Jumper and (as) first jumped in

розщелину.
(the) crevice

Спочатку по білому снігу, а далі — чорним камінням
First on white snow and further — black stones

зайчики один за одним стрибали вперед. Довго бігли
(the) hares one by one jumped forward Long ran

вони темним переходом. Ніхто не спиняв їх, нікого не
they (the) dark crossing No one not stopped them no one not

спіткали вони на шляху. Та й нічого в тому не
encountered they on (the) paths And also nothing in that not

було дивного, бо вся варта та інша челядь, що була в
was strange for all custody and other youth that was in

Морозенковому палаці, метушилась по світлицях,
Frost's palace fussed on (the) upper rooms

прибирала, чепурила. Частина ж ледачих слуг
cleaned tidied Part already (of the) lazy servants

зібралася в кухні й там гомоніла про нового
gathered in (the) kitchen and there talked about (the) new

пана, який він з себе, які має звичаї, що
lord how (is) he with himself how (he) has (the) manners what

йому найбільш подобається.
him most pleased

Отож через те мандрівники непомітно добігли аж до
So through that (the) travelers unnoticed to-ran until to
arrived

сіней. З сіней пострибали до передпокою. З
(the) porch From (the) porch jumped to (the) hallway From

передпокою — до великої порожньої зали з
(the) hallway — to (the) great empty halls with

велетенськими вікнами, де Морозенко давав накази
gigantic windows where Frost gave orders

Вітрам. Відтіль перебігли вони кількома чудовими
(to the) Wind From there overran they several wonderful
crossed

блискучими кришталевими світлицями, де проживали
brilliant crystal upper rooms where resided

Заморозки, Наморозь, Імла, Град, Хуртовина. Нарешті
Freezing Frostbite Haze Hail Blizzard Finally

вскочили у величезний покій, в якому нарозтіж було
(they) jumped up in (a) huge room in which apart wide was

розчинено всі вікна, а на високих ліжках лежала
opened all window(s) and on high beds lay

сила-силенна білосніжних подушок; попід стінами, в
force-strong snow white pillows under (the) walls in

кришталевих шафах висіло безліч білих кожухів, а з
crystal cabinets hung many white jackets and from

другого боку лежали купи блакитних килимів. То була
(the) other side lay heaps (of) blue carpets Then was

шатна, тобто помешкання, де складали всяку
shuttle(cock) storage that is (the) premises where (they) put all

одіж та білизну Морозенкову та його придворних
(the) clothes and linen (of) Frost and his court

слуг.
servants

Тут зайчики на хвилинку затрималися, бо надзвичайно
Here (the) hares for (a) little while lingered for extremely

сподобалися їм всі ті зручні добра. — «От
pleased (to) them all those comfortable goods — Here

було б гарно таке мати у себе в нірках під
was would good such (to) mother with herself in (the) hole under
that stuff would be good

час прийдешньої лютої зими!» — думали вони.
(the) time (of the) coming severe winter — thought they

І поки вони роздивлялися та облапували всі ті
And while they looked and pawed over all those

розкішні речі, під вікнами загули Вітри, великі
luxurious things under (the) windows disappeared (the) Winds (the) great

двері з сусідньої зали розчинилися й проти них
doors from (the) neighboring halls parted and opposite them

стала бабуся, немов уся обсипана блискучими зірками,
stood grandmother like all shattered brilliant stars

її біле волосся розвивалося на всі боки, а прозорі,
her white hair expanding on all sides and transparent

мов крига, очі блищали зеленим світлом. Вона була
as ice (the) eyes shone (with) green light She was

в білому одязі, що складався з сили різних тканин
in white clothing that consisted of forces (of) different fabrics

— то чисто-білих, то рожевих, то блакитних, які
— then pure white then pink then blue how

лежали одна на одній, мов листя на капусті. Від
lay one on one as (the) leaf on (the) cabbage From

вітру всі тканини розвівалися й надималися. В руках
wind all cloths fluttered and inflated In (the) hands

бабуся тримала велику тіпачку, якою вибивають
(the) grandmother held (a) great carpet beater which beat out

порох з килимів.
powder from (the) carpets

Зайченята завмерли з жаху. Справжній мороз
(The) little hares froze from horror Real frost

покотив у них поза кожушками.
rolled with them above (the) fur coats

Виходить, що вони запізнилися!.. Безперечно, це була
Comes out that they were late Undoubtedly this was
It turns out

сама Дюдя! Хто б же інший міг тут бути?!
herself Judya Who would already else could here be

Перша їхня думка була одна — тікати, тікати —
(The) first (of) their thought was one — to flee to flee —

скільки видко! Але ж з переляку вони навіть не
as much visible But already with fright they even not

могли зробити жодного скоку. Немов якась невидима
could make any leap Like some kind of Invisible

сила відкинула їх всіх назад, й вони всі
force rejected them all back and they all

вишикувались лавою, сівши на задні лапки.
lined up lava sitting down on (the) rear paws

— А це що таке? — більш здивовано, як злісно
— And this what such — more surprised as malicious
And what is this than

спитала Дюдя. — Відкіля набралася тут оця чаполоч?
asked Judya — Whence gathered here this sweetgrass

Га?..
Ha

Зайченятам наче язики попримерзали до зубів.
(The) little hares as if (the) tongues froze to (the) teeth

Зайчик-Стрибанчик хотів був принаймні промовити:
Hare-Jumper wanted was at least to speak

«Добридень!» — та тільки наїжачив вуса й
Good afternoon — and only rose up (the) whiskers and

тихенько поворушив мордочкою, але не міг видушити
quietly moved (the) muzzle but not could squeeze out

з себе й слова.
from himself also (the) words

— Та що це, справді, за мара? — запиталася Дюдя
— And that (is) this indeed for delusion — asked Judya

знову, повертаючись до дивовижних істот, що стояли
again turning to (the) wonderful creatures that stood

в неї за плечима.
in her by (the) shoulders
by her sides

— То — зайці! — відповіла тоді молода дівчина в
— Those — hares — replied then (a) young girl in

дорогих срібних шатах.
expensive silver robes

Була вона дуже гарна, тільки дивно було дивитися на
Was she very beautiful only amazingly (it) was to watch on

її кострубату голову, що нагадувала собою велику
her shaggy (the) head that reminded her itself (of a) great

пухнату кульбабу. То була Віхола.
fluffy dandelion That was Whirlwind

— Та вже ж не який чорт! — грізно, товстим, мов
— And already yet not which devil — menacingly thick as

буря в димарі, цілком іншим, як спочатку, голосом
(a) storm in chimneys quite different as (the) first voice

промовила Дюдя. — Бачу, що зайці! Але як вони тут
said Judya — (I) see that (it's) hares But how they here

опинилися й чого їм треба?.. Ви що ж? Німі
got themselves and what (to) them necessary You what already Mute

чи покам'яніли?! Вас питаю ще раз: чого ви
or stoned You (I) ask yet once What you
are you doing

тут?..
here

Тоді Зайчик-Стрибанчик проковтнув слину й, низенько
Then Hare-Jumper swallowed saliva and low

вклонившись, промовив тремтячим, поштивим голосом:
bowing said (with a) trembling respectful voice

— Не гнівайтесь на нас, пані мамо! Ми прийшли з
— Not be angry on us lady ma'am We came from

Далекого Лісу привітати вас й просити переказати
(a) distant Forest to welcome you and to ask to retell

вашому панові господареві, новому Морозенкові від усіх
your lord owner (the) new Frost from all

зайців та всіх інших звірят і птиць, що живуть в
(the) rabbits and (of) all other animals and birds that live in

лісі, наше уклінне прохання: не давайте нам лютої
(the) forest our urgent request not give to us (a) fierce

зими, бо ми можемо померзнути!..
winter for we may freeze

Зайчик-Стрибанчик і сам не сподівався, що він таке
Hare-Jumper also himself not expected that he such

скаже. Але ж це було перше, що вступило йому в
will say But already this was (the) first that entered him in

голову.
(the) head

Дюдя й всі інші здивовано дивилися на гостей і
Judya and all other wonderingly watched on (the) guests and

наче чекали, що вони мають сказати далі. Тоді,
as if were waiting that they have to say further Then

побачивши, що ніби їм не загрожує жодна
having seen that as if (to) them not threatens none

небезпека, Зайчик-Стрибанчик посміливішав і
danger Hare-Jumper dared and
got more daring

продовжував:
continued

— Вибачте, пані мамо, що ми насмілились вас
— Sorry lady ma'am that we dared you

потурбувати. Ми зробили так через те, що в нашому
bother We did so through that that in our
because of

лісі всі перелітні птахи страхали нас лютою зимою.
forest all migratory birds fear our fierce winter

Крім того, я буду говорити щиро! — додав він й
Except that I will speak sincerely — added he and

поклав ліву лапку собі на серце. — Всі говорять
put (the) left foot himself on (the) heart — All speak

про вас та ваш чудовий палац тільки з чужих
about you and your remarkable palace only with other people's

слів. Через те й гадають, що ви та ваш пан й
words Through that also (they) guess that you and your lord and

ваша мила донька дуже... дуже... сердиті, вибачайте ще
your dear daughter (are) very very angry sorry still

раз на цім слові. Ми цьому не могли повірити й
once for those words We this not could believe and

прийшли самі, щоб переконатися, що наші сусіди
came ourselves in order that to make sure that our neighbors

помиляються. Ми ж бо знаємо, що всі духи добрі
are mistaken We already since know that all spirits (are) good

й милостиві. Тепер ми вже бачимо, що ті чутки
and merciful Now we already see that those rumors

неправдиві. Ми повернемося додому й усім про те
are false We let's go back to-house home and all about that

розкажемо!..
let's tell

Дюдя усміхнулася. Вітри враз затихли. В хаті
Judya smiled (The) winds at once died down In (the) house

стало тепліше.
(it) became warmer

— Це мені подобається! — промовила Дюдя спокійним
— This to me pleases — said Judya calm

й ще раз новим, тоненьким голосом. — Добре! Нехай
and yet once new thin voice — Fine Let
and again with

буде по-вашому. Я буду просити ясного пана Морозенка,
will be on yours I will ask clear lord Frost
it be in your way

щоб дав нам теплу зиму. Він добрий і,
in order that (he) gave to us (a) warm winter He (is) good and

напевно, згодиться. Але ж тепер утікайте
definitely will agree But already now run away

якнайшвидше, бо після вас на снігу лишились ваші
as soon as possible for after to you on (the) snow left your

сліди, по яких сюди можуть прийти пси та люди. Я
traces on who here can come dogs and people I

ж за вами пошлю Віхолу, щоб вона зробила
already after you will send Whirlwind in order that she made
makes

завірюху й позамітала ваші сліди. Ну, ходіть
(a) blizzard and swept away your traces Well go
sweeps away

здоровенькі! А це вам гостинчик! — й вона подала
healthy And this your guest's — and she gave
guest gift

їм мішок довгеньких цукерок з білим кремом, що
(to) them (a) bag long candy with white cream that

звалися «Снігові дудочки».
were called Snow pipes

— Спасибі вам, добра бабусю! — промовили в один
— Thank you good grandmother — (they) said in one

голос всі зайченята. Потім враз розхапали по торбах
voice all (the) little hares Then at once (they) grabbed ~~on~~ (the) bags

цукерки й одним махом повернулися на задніх лапках
(of) sweets and once waved returned on rear paws

та й подались за Зайчиком-Стрибанчиком назад.
and also moved after Hare-Jumper back

Тільки збігли вони з гори, потьмарилося небо,
Only Just escaped they from mountains got dark (the) sky

почав подиматися вітер, а на землю полетів білий,
started to rise (the) wind and on (the) earth flew (a) white

м'який пух. Тепер вже зайчики добре знали, що то
soft fluff Now already (the) hares well knew that then

Віхола замітає їхні сліди, а пух летить з тих
Whirlwind sweeps away their traces and (the) fluff flies from those

перин та подушок, що бачили вони в палаці
feather mattresses and pillows that have seen they in (the) chamber

Морозенковім.
(of) Frost

Щасливо повернули вони додому й повідали там
Happily returned they to-house home and reported there

радісну новину, що цього року не буде великої зими,
(the) joyful news that this year not will be (a) great winter

їхні батьки та й всі інші лісові мешканці не
their parents and also all (the) other forest residents not

хотіли йняти віри, щоб вони могли бути аж у
wanted to take of faith that they could be until in
have been up to

палаці самого пана Морозенка. А ще більше
(the) palace (of the) very lord Frost And yet more

неймовірним видавалося їм, щоб могли зайчата
incredible (it) seemed (to) them in order that could (the) hare

говорити з самою Дюдею й вона жодного з них не
talk with herself Judya and she any of them not

заморозила. Тільки ж усі Зайчики, як один,
froze Only already all hares as one

повторювали слово в слово все, що чули та
repeated word in word all that (they) heard and
for

бачили. А вже є такий звичай, що коли всі говорять
saw And already is such (a) custom that when all speak

одне й те саме, то воно видається правдою.
one and that same then it (is) (it) seems (the) truth
the

Тато Зайчик спочатку дуже розгнівався на Стрибайчика
Dad Hare first very was angry at Jumper

й хотів був навіть нам'яти йому довгі вуха. Та
and wanted was even pick up him long (the) ears And

заступилася за нього мама.
interceded for him (the) mother

— Нема за що його карати, чоловіче! — спокійно
— Not by that his punish manly — quietly

сказала вона. — Вже одне добре діло він зробив, що
she said she — Already one fine work he did that

приніс нам правдиву звістку про незлу вдачу пані
brought to us truthfully news about not good good luck lady

Дюді. А далі, може, й справді, не буде нам через
Judy And further Maybe and indeed not will be to us through

його сміливість холодної зими. Крім того ми та й
his courage cold winter Except that we and and

інші тутешні створіння не повинні наслідувати людей,
other here creatures not should imitate people

що карають своїх дітей. То — недобре, й нам те
that punish their children Then — not good and to us that

зовсім не личить. А за Стрибайчика я сама ручуся,
completely not to look And by Jumper I himself i vouch

що більше він ніколи не піде з дому, не
that more he never not goes with (the) home not

спитавшися дозволу.
when asked permission

Й вона ніжно пригорнула до себе свого
And she softly embraced to herself her own

найстаршенького.
oldest (one)

З того часу Зайчика-Стрибанчика всі дуже
From that time Hare-Jumper everybody very much

полюбили в лісі. Й було за що. Він був спритний,
loved in (the) forest And (it) was for that He was nimble

розумний та й хоробрий такий, як нечасто бувають
wise and also brave such as not often (there) are

зайчики. Одне слово, на всю округу не було другого,
bunnies One word on whole district not (it) was other

йому подібного... Тим-то навіть Хухи та Мавки особливо
him like that So even Huhi and Maws especially

його любили й завжди завчасу його попереджали, коли
him loved and always early him warned when

бувало полювання. А Віхола раз у раз замітала
(there) happened hunting And Whirlwind once in once swept away
time in time

на снігу його сліди... Так і дожив він до самої
on (the) snow his traces So also lived he to most

глибокої старості й усі зайчики в лісі звали його
deep old age and all bunnies in (the) forest called him

дідусь Стрибайчик.
grandfather Jumper

А Дюдя додержала свого слова й тої зими від
And Judya kept her own words and that winter from

холоду не загинуло в лісі жодного створіння.
cold not perished in (the) forest any creatures

Злидні

The Bad Sprites

Був	собі	один	чоловік	і	жив	він	гарно	та
(There) was	~~itself~~	one a	man	and	lived	he	(as) good	then as

заможно.	Працював	ретельно,	вчасно	виконував	кожну
possible	(He) worked	carefully	in time	performed	each

роботу,	й	було	йому	добре.
work	and	(it) was	him	fine

В	того	чоловіка	була	мила	жінка:	роботяща,	охайна,
In With	that	man	was	(a) dear	woman	working	neat

лагідна.	Жили	вони	щасливо,	все	мали,	нічого
good-natured	Lived	they	happily	all	(they) had	nothing

ліпшого	від	долі	не	жадали.	На	працю	також	не
better	from	fate	not	(they) wanted	On About	(the) work	also	not

нарікали.
(they) lamented

Та	от	якось	одного	дня	принесли	їм	з	пошти
And	there	somehow	one	day	(they) brought	(to) them	with	(the) mail

листа.	А	було	в	тому	листі	написано,	щоб	приїхав
(a) letter	And	(it) was	in	that	letter	written	that would	visited visit

той	чоловік	до	міста	і	одібрав	там	багато-багато
that	man	~~to~~	(the) city	and	take away	there	much much a lot of

грошей.	Гроші	ж	ті	заповідав	йому	у	спадщину
money	Moneys The money	already	those that	was left	to him	in	(the) inheritance

один	його	дядько,	що	недавно	перед	тим	помер.
one	his	uncle	that	recently	before	then	died
	(uncle of him)						

Люди завжди радіють грошам. Отож зраділи і
People always rejoice (of) money So (they) were glad both

чоловік та жінка тому несподіваному багатству.
man and (the) woman (with) that unexpected wealth

Швиденько зібралися, покинули напризволяще все, що
Quickly (they) gathered left as much as possible all that

було вдома, бо сподівалися швидко повернутися, й
was home for (they) were hoping quickly to return and

поїхали до міста. Одібрали там багато-багато грошей та
went to (the) city Took away there much much money and

й закортіло їм погуляти.
also became eager (to) them take a walk

— Досить ми вже наробилися, мов каторжні! — сказав
— Enough we already did like convicts — said

чоловік. — Можна тепер трохи відпочити та
(the) man — (It's) possible now a bit to relax and

погуляти.
to take a walk

— Авжеж, чоловіче! — згодилася жінка.
— Of course man — agreed (the) woman
husband

Вона завжди згоджувалася на все, що він їй
She always agreed on everything that he to her
with

говорив. Бо вона була добра жінка...
said For she was (a) good woman
(sarcastic)

Тільки ж, як були вони з села, люди прості,
Only already as were they from (a) village people simple

не панського коліна, то й не знали, як та на що
not lordly stock so also not (they) knew how then on that
they weren't lords ... how

можна в місті гроші витрачати.
(it's) possible in (the) city (the) money to spend

А була тоді зима. Мороз тріщав, аж під ногами
And (it) was then winter Frost crackled already under (the) feet

рипіло. От походжають вони містом потихесеньку,
(it) creaked There went through they (the) city slowly, quietly

помалесеньку, немов пани, та й
little by little like lords and also
lord and lady

стало їм холодно. Бо ж їхня одежина була
became (to) them coldly For already their dress was
they got cold

добра для швидкої селянської праці, а вже для
good for fast peasant labor but already for

цивільних прогулянок — то й не годилася. Та й
(a) civil outing — then also not suitable And also

була вона непоказна, не панська. А кожне знає, що
was she impeccable not (a) lady And each knows that

коли у людини заведеться багато грошей, то не
when with (a) human will bring in much money then not

тільки йому кортить погуляти, нічого путнього не
only to him is eager to take a walk nothing useful not

робити, але ж хочеться ще бути принаймні бодай
to do but already want yet to be at least even

зокола паном!
around gentleman

Тож всамперед пішли чоловік та жінка до кравця
So first of all went (the) man and (the) woman to (a) tailor

й замовили собі панську одежу: чоловік —
and ordered themselves lordly clothes (the) man —

плюшеву, а жінка — оксамитову з великими
plush and (the) woman — velvet with large

скляними ґудзиками. Кравець взявся все те швидко
glass buttons (The) tailor undertook all that quickly

пошити та ще й прискіпався, що пошиє він їм
to sew and yet also (he) nagged that sew he (to) them

і панські кожухи на лисячому хутрі. Мусили замовити
also (the) lordly jackets on of fox fur Had to order

вони й кожухи.
they also jackets

Кравець шив довго-довго, а вони чекали. Та не
(The) tailor sewed long long very long and they were waiting And not

було їм чого робити, тільки й того, що з
(there) was (to) them what anything to do only also that what with in

самого ранку їли вони медові пряники з
(the) very morning ate they honey gingerbread cookies with

мигдалем та померанці, а в чай кидали по
almonds and oranges And in (the) tea (they) threw ~~on~~

чотири шматочки цукру на кожну склянку. Та ще
four pieces (of) sugar on/in each glass And yet

жінка й без чаю раз у раз цукор їла, аж її
(the) woman also without tea once in once (now and then) sugar ate until her

вже й нудило. А на ніч клала вона собі під
already also (it) nauseated And at night put she herself under

подушку шоколадні цукерки в золотих папірцях...
(the) pillow chocolate sweets in gold pieces of paper

Отак ласували вони та й ласували кілька день, аж
Oh yeah enjoyed they and also enjoyed some day until

пошив їм кравець одежу. Тоді поодягалися:
tailored (for) them (the) tailor (the) clothes Then (they) dressed up

чоловік — у плюшеве, жінка — у оксамитове з
(the) man — in plush (the) woman — in velvet with

великими скляними ґудзиками, поверх панські кожухи на
large glass buttons on top lordly jackets on/of

лисячому хутрі й пішли на прогулянку.
fox fur and (they) went on a walk

А час минав. От якось жінка й питається:
And time passed There somehow (the) woman also asks

— А може б, ми вже, чоловіче, поїхали додому?
— And maybe would we already man (dear) go home

— Чого нам, жіночко, поспішати? Гроші є —
— What to us woman to hurry Money (there) is —

будемо гуляти! — відказав чоловік. — Хіба ж тобі
(we) will walk — replied (the) man — Unless already you

не набридли наші селянські злидні?..
not tired (of) our peasant poverty
aren't

— Та воно так, — говорить жінка. — Тільки ж
— And it (is) so — speaks (the) woman — Only already

мене від цукру та шоколаду нудить. Та й нема
me from sugar and chocolate sick And also not
I am there's not

чого тут робити.
what here to do
anything

А чоловік їй:
And (the) man to her

— Ми ж тепер як пани! Ти не бійся: до цукру
— We already now as lords You not be afraid to sugar

звикнеш, а щодо роботи, — то ж пани, бач,
get use to and of work — then already lords see

нічого не роблять, а якось живуть! І ти їж та
nothing not do and somehow live And you eat and

спи, а увечері підемо до цирку на кумедію
sleep and (in the) evening go to (the) circus for (a) comedy

дивитися, як собаки на свинях верхи їздять.
to watch as dogs on pigs on horseback are going

— Про мене, чоловіче. Як так, то й так...
— About me man As so then also so
If it is so it is so

І гуляли вони в місті далі.
And walked they in (the) city further

Якось одного вечора зайшли вони, гуляючи, аж на
Somehow one evening came in they walking until on

край міста, туди, де був великий сад. А в тім
(the) edge (of the) city there where was (a) big garden And in that

саду — замерзлий ставок. Навколо ставка світили
garden — (a) frozen pond Around (the) pond shone

різнокольорові ліхтарики, а на льоду було
multicolored lights and on (the) ice was

видимо-невидимо всякого панства. Найбільш було там
visible-invisible every lordship Most was there
present were

малої дітвори, але ж було чимало й літніх панів
small children but already was many also elderly lords
there were

та пань. Всі вони ковзалися та бігали на вижлятах, а
and ladies All they glided and ran on skates And
skated (ковзани)

їм грали веселі музики на мідяних сурмах.
(for) them played fun music on copper trumpets

Страшенно подобалася чоловікові та жінці ота
Terribly pleased (to the) man and (to the) woman that

забавка.
amusement

От чоловік і говорить:
There (the) man also speaks

— Не інакше, жіночко, як і ми мусимо навчитися на
— Not otherwise woman as also we should learn on

вижлятах бігати!
skates (ковзани) to run to go

А вона йому:
And she to him

— Як так, то й так! Про мене, чоловіче, вивчимось!
— As so then also so About me man (dear) let's learn

— відказує.
— (she) said

Бо ж таки була вона доброю й слухняною
For already such was she (with) good and obedient

жінкою...
woman

Другого дня купив чоловік дві пари блискучих вижлят,
(the) other day bought (the) man two pairs (of) shining skates (ковзани)

потім чоботи до них, з залізячками в закаблуках,
then boots to them with iron in heels

потім вовняну плетену одежу. Й пішли вони на
then woolen wicker clothes And went they on

ковзанку.
(the) skating rink

Цілий тиждень вчилися, поки, нарешті, вивчились. А
Whole week (they) learned until finally (they) learned (it) And

як вивчились, то так їм подобалося по льоду
as (they) learned (it) then so (to) them pleased on (the) ice

бігати, що неначе нема й нічого кращого на
to run that as though not also nothing better on
more handsome

світі. Ганяють собі, пряники трощать,
(the) world (They) chase each other gingerbread cookies (they) burst

забіжать до буфету — перегріються, кави
(they) will run to (the) buffet — (if they) overheat (the) coffee
(they) would run

нап'ються, та й знову на лід!..
(they) will drink and also again on (the) ice
(they) would drink

Так вони бавилися й не помітили, що вже з
So they were amused and not noticed that already from

їхньої спадщини мало й лишилося.
their inheritance little also was left

— Ну, жіночко, мабуть, пора б уже нам і
— Well woman apparently (it's) time would already to us also
for

додому їхати! — говорить одного вечора чоловік,
home to go — speaks one evening (the) man

поглядаючи в гаманець.
looking in (the) purse

— Як їхати, то й поїдемо! — враз згодилася
— As to go then and let's go — at once agreed

жінка.
(the) woman

Найняли вони на останні міського візника, що

Hired they on (the) remaining (money) (a) city driver that

мав на конях дзвіночки та балабончики, й приїхали

had on horses bells and loafers and (they) arrived

додому. А як приїхали та як поглянули на своє

home And as (the) arrived and as (they) looked at their own

господарство, аж руки їм опустилися!..

household until hands (to) them dropped

В хаті, як у пустці. Холод — собачий, скрізь

In (the) hut (it was) as in (a) wasteland Cold — dogs everywhere

по стінах павутина, на столах пилюка, мов

on (the) walls (were) webs on (the) tables (walked) chickens like

улітку на шляху. Чи то вітер, чи, може, й

in the summer on (the) paths Whether then (the) wind or maybe also

хлопці шиби у вікнах повибивали, аж горобці

(the) boys (the) panes in (the) windows knocked out until (the) sparrows

of so that

за комин поналітали та й цвірінькають. В оборі

by (the) chimney flew and also tweet In (the) barn

chirp

теж таке, що й глянути страшно! Корова кудись

also such that also to look terrible (The) cow somewhere

like that

втекла, коняку цигани вкрали, а песик був у них,

ran away (the) cognac gypsies stole and (the) sand was in them

Колобочком звали, так той, бідненький, так на

palts named so that (the) poor (people) so on

which are called round breads as if

ретязі й здо́хли з голоду та холоду. Хвіртку

chains and sigh from hunger and cold The wicket door

вітер відламав, всі хліви віхола так позамітала,
(the) wind broke off whole (the) barn (the) whirlwind so swept away

що й всередину не можна влізти. З курника
that also inside not it's possible to get in From (the) chicken coop

птиця в ліс повтікала, в садку зайці
(the) poultry in (the) forest ran out in (the) garden (the) hares

дерева погризли. Одне слово — тільки й худоби
(the) tree gnawed One word — (the) only also cattle

лишилося, що миші та павуки...
left that (were) mice and spiders

От почали вони так-сяк занедбану хату
There started they so-so (the) abandoned house
as good as they could

справляти. Вікна подушками та ганчірками
to fix (The) window with pillows and rags

позатуляли, горобців повиганяли, павутиння порозривали,
stuffed sparrows drove away (the) webbing (they) tore apart

а потім кілками з тину затопили піч. Та все
and then with pegs from mud flooded (the) oven And all

якось не йде на лад. Піч курить, як фабрика.
somehow not goes on system (The) oven smokes like (a) factory
order

Горобці так і норовлять знов за комин залетіти,
(The) sparrows so also frighten again by chimney fly down

мишва мало не по столу бігає. А тут вже й
mouse little not on the table runs And here already also

поночі стає. Темно, бо лампу миші розтовкли;
(it) dark becomes Dark for (the) lamps (by the) mice were pulverized

холодно, бо крізь подушки вітер віє та виє. А
cold for through (the) pillows (the) wind whirls and howls And

найгірше те, що стала їм праця немила. Й
worst then that began (to) them labor sweetheart And

руки болять, й ноги трусяться, та й все
(the) hands hurt and (the) feet are shaking and also all

чоловікові та жінці тут стало не до вподоби. В
to her husband and to the woman here became not to like In

селі темно, жодних пішоходів. Та ще й
(the) villages (it's) dark none no pedestrians And yet also

сусіди зокола тюкають, з їхніх панських кожухів на
(the) neighbors around yell of them lordly jackets on of

лисячому хутрі глузують...
fox fur make fun of

Погано стало на душі у чоловіка, погано на
Ill (it) became on (the) soul in with (the) man ill on

душі у жінки. То завше були вони веселі та
(the) soul in (the) woman Then Before rather were they cheerful and

балакучі, а тепер понадималися, як сови. Мовчки
talkative and now became silent as owls Silently

повечеряли тим, що з міста привезли, та й
(they) had dinner that that from (the) city (they) brought and also

полягали спати на замурзані постелі. А вночі жінка
were to sleep on frozen beds And at night (the) woman

простягла руку під подушку за цукеркою, як у
stretched out (the) hand under (the) pillow for (the) candy as in

місті була звикла, та замість шоколадної цукерки в
(the) city (she) was used to and instead chocolate (of) sweets in

золотому папірці витягла мишу... Брррр!..
gold paper pulled (a) mouse Brrrr

А був у їхній хаті добрий, роботящий Домовик.
But (there) was in their hut (a) good industrious House-sprite
Brownie

Звісно, що Домовик самотужки всього робити не
Of course that House-sprite alone everything to do not
Brownie

може, але ж господареві та господині у всякій
is able but already (the) owner and (the) mistress in every

праці допомагає. І їхній Домовик раніш їм у всякій
labor helps And their Brownie before them in every

роботі допомагав та за всім у господарстві доглядав.
work helped and after all in (the) household looked after
task

Увечері ж, коли вже господарі по роботі
(In the) evening already when already (the) owners on (the) work
after

відпочивали, він залазив під теплу піч і гарнесенько
rested he climbed under (a) warm oven and prettily

їм наспівував, як цвіркунчик, аж виляски по
(to) them sang like (a) cricket until (the) echoes on
through

світлиці йшли. Однак, як повтікали господарі з
(the) room went However as ran away (the) owners from
when

хати, стало тому Домовикові дуже кепсько. Ніде
(the) hut (it) became for that Brownie very bad Nowhere

й молочка нема, їсти нічого, й холодно дуже, та ще
also milk not to eat nothing and cold very and yet
any milk it was very cold

й ті нахабні горобці — скільки на них не
also those cheeky sparrows — how much on them not

кишкай, так і пруться в хату! Спочатку
(you) chase out (kish sound) so also thrust themselves into (the) house First

він сам порався, а вже як охляв, то й
he himself tried but already as fell limp then also

розгнівався.
was angry

— Що я, — каже сам собі, — найнявся
— What (am) I — (he) says himself (by) himself — hired

їм, чи що! Хай йому грець, щоб я сам та
(by) them or what Let him go to hell in order that I myself and
or something

сам усю працю в господарстві робив! Вийду
myself (alone) all work in (the) household did Leave

вдень у двір, то на мене ще хлопці почнуть
during the day in (the) courtyard then on me yet guys begin

тюкати або якийсь шибеник ще сніжкою влучить. Не
to shout or like some varmint yet snowball will hit Not

хочу — та й край!..
(I) want (it) — and also (the) end

Заліз він тоді за комин на горищі, зарився у
Climbed he then by (the) chimney on (the) attic burrowed in

порох та й спав там, як ведмідь.
(the) dust and and slept there as (a) bear

А тепер, коли в печі типовими кілками було
And now when in furnace typical pegs was
were

затоплено й комин став теплий, він розбуркався,
heated and (the) chimney stood warm he woke up

потягся кілька разів, мов кіт, та й схотів вилізти
stretched some times like (a) cat and also wanted to get out

з пороху та подивитися, що воно сталося? Почав він
from (the) dust and to look what (it) is there happened Started he

вилазити, та й куйовдиться, та товчеться там так,
to climb and also lurks and toils there so

мов Марко по пеклі.
like Marco on hell
the apostle Marcus in hell

Аж господарі заснути не можуть...
Until (the) owners fall asleep ~~not~~ can
Until the owners fall asleep.

З другого дня чоловік та жінка
With (the) other day (the) man and (the) woman

взялися за працю дужче. Домовик їм теж з
undertook after work stronger House-sprite (to) them also with
worked harder The Brownie

усієї сили допомагає, бо ж він був добрий й до
all forces helps for already he was good and to

роботи беручкий. Та тільки ж бачить він, що не
work diligent And only already sees he that not

так його господарі працюють, як раніше працювали.
so his the owners work as before worked

Раніше, було, чоловік робить, робить, аж піт з
Before (it) was (the) man works works until (the) sweat with

нього ллє, дарма, що в легкій одежині. А тепер,
him pours even that in light clothes And now
he has

хоч і в плюшевому каптанкові та в панськім кожусі
as also in plush captcha and in lordly fur coats

на лисячому хутрі, а тільки махне двічі-тричі лопатою,
on fox fur And only waved twice or thrice (the) shovel
from

сніг відкидаючи, — та зараз і спочивати, та
(the) snow shoveling out — and now also to rest and

зараз і руки тре і за спину держиться.
now also (the) hands rubs also behind (the) back holds

Так само й господиня. Пошарує віхтем по горщику
So herself also (the) mistress (She) will rub (with the) rag on (the) pot
So behaves

— та вже й сюди-туди по хаті бігає,
— and already also here and there through (the) hut (she) runs

шукаючи, чи не лишилося десь шматочка цукру!..
searching whether not is left somewhere (a) piece (of) sugar

«Е, ні! Це не діло! — думає сам собі статечний
Eh no This not work — thinks himself itself (the) grave
does not by himself

Домовик. — Так я з ними сам не вправлюся.
Brownie — So I with them myself not will manage

Доведеться покликати на підмогу Злиднів. Хоча й
(I) will have to call on help from Bad sprites Though also
for

не великі з них робітники, та вже й вони
not great with them workers and already also they

будуть	на	користь,	бо	ж	на	доброго	робітника
(they) will be	on	advantage	because	already	on for	(a) good	worker

тут	і	харчу	не	вистачить!..»
here	also	(the) food	not	will be enough

Виліз	він	уночі	на	бовдура,	потрусив	своєю	сивою
Climbed out	he	at night	on	chimney	shook	his	gray

бородою	на	схід	та	захід,	на	південь	та	на	північ,
beard	on to	east the east	and	west the west	on to	south the south	and	on to	north the north

застромив	два	пальці	у	рота	та	як	свисне
inserted	two	fingers	in	(the) mouth	and	how	(he) whistles

раз-два-три!	І	враз	по	тому	зі	всіх	чотирьох
one or two or three	And	at once	on	that	from	from all	four

сторін	де	й	не	взялися	Злидні.	Манісінькі,	як
sides	where	also	not	took off	(the) Bad sprites	Tiny	as
	everywhere						

сонечко	або	ті	козачки,	що	напровесні	по	призьбах
(the) sun	or	those	cossacks	that	in the spring	on	mounds of earth

лазять,	тільки	ще	менші	та	зелененькі	з	рудими
climb	only	yet	smaller	and	green	with	red

цяточками,	здалеку	зовсім	на	блощиць	скидаються.
dots	from afar	completely	on	beetles	resemble

Почали	вони	видиратися	на	горище	до	бовдура.	А
Started	they	to climb	on	(the) loft	to	(the) chimney	And

коли	Домовик	стрибнув	і	собі,	то	наповзло	їх	на
when	(the) Brownie	jumped	also	itself	then	crawled	they	on

горище	повно,	як	комашні.	Такі	вони	сухі	та	кощаві,
(the) loft	full	as	insects	Such	they	dry	and	bony

так кісточки й світяться. Мізерні, миршаві, ледве-ледве
so like stones also glowing Miserable stunted hardly

дихають. Вишикувалися перед Домовиком, тремтять та
(they) breathe (They) lined up before (the) Brownie tremble and

чекають його наказів.
await his orders

Як поглянув на них Домовик, то аж жаль його взяв.
As looked at them (the) Brownie then until pity him took
he even felt pity for them

— І відкіля вас таких шолудивих прислали? —
— And whence you such scrappy sent —

питається.
(he) asks

А вони пищать ледве чутно:
And they squeak barely audible

— Були ми в дуже ледачого господаря. Охляли,
— Were we in very lazy (the) master (We) became weak
at a very

дядечку!
uncle

Ну, та що вже казати? Нема такого права
Well and what already to say Not such right

Домовикові, щоб, не спробувавши на роботі,
(had the) Brownie in order that not having tried on work

відсилав назад поміч, коли її викликав.
sent back help when her called
it he called himself

От поділив їх Домовик на кілька загонів й кожній
There shared them (the) Brownie on some tasks and each

ватазі загадав різну роботу. Одним, — щоб допомагали
gang ordered different work One — so that (they) helped

господареві в оборі; другим, — щоб дивилися за
(the) owner in (the) barn (the) second — so that (they) watched by

будовами, третім — за саньми та возами, іншим —
constructions (the) third — by (the) sleighs and carts another —

до господині, щоб їй у хаті допомагали варити,
to (the) mistress so that to her in (the) hut (they) helped cook

чепурити, шити, прати.
tidy up sew wash

Та як поприходили ті Злидні з дуже вбогого
And as came those Bad sprites from (a) very poor

двору, то були вони так виснажені голодом й
yard then were they so exhausted (from) starvation and

тяжкою працею, що тепер не були
heavy work that now not (they) were

ні до чого путнього здатні. Отож і стала від них
neither to what good capable So also began from them
good for anything received

в господарстві не поміч, а, як люди кажуть, — неміч!
in (the) economy not help and as people say — malaise

Ті, що їм би в оборі поратись, дуже мерзли
Those that (to) them would in (the) barn attend much froze
at

надворі та все так і скусували, щоб улізти в
outside and all so also were missing so that to climb out in

хату, неначебто за ділом. Ті, що в хаті сиділи,
(the) house as if by business Those that in (the) hut were sitting

ні шили, ні прали, а тільки по мисниках
neither sewed nor washed and only on (the) aristocrats

нишпорили: чи не пощастить чого з'їсти?! А їсти
rummaged whether not to chance upon what to eat And food
something

не було чого, бо не було чого варити чи
not (there) was what because not (there) was what to cook or
any anything

пекти: в засіках миші борошно поїли, картопля в
bake (with) in (the) bins (the) mice (the) flour ate (the) potatoes in

хижці померзла, а на подвір'ї — жодної курки.
(the) hut froze and on yards — none chickens
in the yard not any

А тут ще трапилось таке.
And here yet happened such

Пішов чоловік того ж дня до лісу по дрова та
Went (the) man that already (a) day to (the) forest on wood and
for

й побачив замерзлий ставок. І так йому знову
also saw (a) frozen pond And so him again

закортіло на вижлятах поковзатись, що аж у грудях
became eager on skates to glide that until in (his) chest

пече й жижки трусяться! Не втерпів він, вернув
(it) burns and (the) hamstrings are shaking Not suffered he returning

мерщій додому, прикрутив до чобіт вижлята та й
coming home screwed to (the) boot (the) skates and and

гайда на лід! Побачила те жінка — та й
dash away on (the) ice Saw that (the) woman — and also

собі. Вона-бо завжди робила те, що й чоловік!..
herself She because always did that what also (the) man

А хати не топлено, а в хаті не варено!
And (the) hut not heated and in (the) hut not cooked

Біда Домовикові, а найгірше тим нещасним, недотепним
Poor Brownie and worst those unhappy inept

Злидням...
Bad sprites

Спочатку ще Домовик на них гримав, а потім і
First yet (the) Brownie on them thundered and then also

сам махнув рукою. Бачив-бо добре, що вже вони
himself waved (the) hand Saw because well that already they

так охляли, просто на ладан дишуть...
so fell limp simply on frankincense breathe
almost died

А Злидні, й справді, перевелися нанівець. Того
And (the) Bad sprites also indeed wasted to nothing That

мало, що зовсім охляли, а ще й почали
little that completely (they) weakened and already also started

недужати. Трусить їх трясця, вже й ніжками не
to be ill To shake them shaking already also (the) legs not

совають. А як помітили вони, що й Домовик на
(they) pop And as noticed they that also (the) Brownie on

них не напосідає, то й вирішили полізти до людей
them not is rushing then also (they) decided to climb to (the) people

під одежу: принаймні там, на живому тілі, буде
under clothes at least there on to the living bodies (it) will be

тепліше! Так вони й обсіли того чоловіка та жінку
warmer So they also settled that man and woman

від самих голів аж до п'ят.
from (the) very heads until to (the) heels

А ті й собі мерзнуть, бо не може чоловік до
And those also themselves freeze for not possible (the) man to

лісу за дровами дійти, коли ж ковзанка на
(the) forest for (the) firewood reach when already (the) skating rink on

дорозі!
(the) path

Отож, як почне тих людей мороз дошкуляти,
So as will begin those people (the) frost be bored from

попригвинчують вони свої вижлята до викривлених
screwed they their skates to twisted

закаблуків та мерщій на ставок. Бігають там,
back of the shoe heel and come on on (the) pond Going around there

бігають, аж тепліше їм зробиться. Тоді й
going around until warmer (to) them will be done Then also
they warmed up

Злидням трохи потепліє. От і почнуть вони
(the) Bad spirits slightly will warm There also begin they

ворушитися та й випадають скрізь у пpоріхи, бо
to stir also and to fall out everywhere in from gaps for

таки ж панська одежа не така міцна, як одяг
such already (the) Lordly clothes not so solid as clothing

селянський. Та й через те та одежа пообдиралася
(of a) peasant And also through those there clothes tore

дуже, що люди в своїй нетопленій хаті мусили й
(so) much that (the) people in their unheated hut had to also

спати в міських кожухах на лисячому хутрі.
sleep in urban jackets on fox fur
from

Оттак потроху-помалу й повисипалися Злидні на
So little by little also spilled out (the) Bad spirits on

ставку та по дорозі. Прийшла їх до Домовика
(the) pond and on (the) path Came (of) them to (the) Brownie

тільки малесенька жменька. А він подивився на них
only (a) tiny handful And he looked at them

та каже:
and says

— Ідіть ви до Чортової Матері. Нехай вона вас хоч
— Go you to (the) Devil's Mother Let her you as

трошки підгодує, бо ви ще мені тут повмираєте. Тільки
a little bit feed for you yet to me here (you) die Only

матиму за вас халепу! Та ще перекажіть там Бісовому
(I) will get for you trouble And yet oversay there (to the) Evil
tell

Батькові, що вже, мабуть, і я швидко прийду, бо
Father that already apparently also I quickly will come for

ж несила терпіти далі!..
already not do tolerate (it) further

Одне слово, зубожіли ті люди так, що вже й
One word were poor impoverished those people so (much) that already also

Злиднів у них не лишилося. Одна тільки ціла річ
(the) Bad spirits to them not were left One only whole thing

і є на все господарство — оті блискучі вижлята. Та
also is on all (the) household — those shiny skates And

ще лишився шматочок мила, бо ж в холодній
already was left over (a) slice (of) soap for already in (the) cold

хаті боялися люди вмиватися.
hut were afraid (the) people to wash

Ну, як прийшло ж їм уже зовсім скрутно,
Well as (it) became already (to) them already completely difficult

посідали вони одне проти одного за непокритим столом.
sat they one opposite one the other at (the) uncovered table

Подивились одне на одного в невмиті обличчя та
Looked one on one in (the) unwashed face and

й ну радитись.
also now to consult

— Що ж далі? — питається жінка.
— What already further — asks (the) woman

— А я знаю? — відказує чоловік.
— And I know — retorts (the) man

— Що ж його нам казати?
— What already his this to us to say

— І що його нам робити?
— And what his/this to us to do

— Та хоч би робити, аби не важко! —
— And whatever would to do as would (it) not (be) hard —

говорить чоловік.
to speak (the) man

А жінка йому відказує:
And (the) woman him retorts

— Звичайно, ліпше, коли б не тяжко!
— Usually better when (it) would not (be) heavy/be hard

А Домовик виглянув з-поза запічка, непомітно
And (the) Brownie looked out from behind (the) oven back unnoticed

підійшов до чоловіка та й шепотить йому на вухо:
came up to (the) man and also whispers him on/in ear/the ear

— Одно вам лишається. Візьми онде шматок мила,
— One/One thing you remains Take there piece (of) soap

розведи водою у мисочці, висмикни з стріхи дві
pull water in (the) bowl pull out from (the) eaves two

соломинки та й починайте мильні бульби дути. То
straws and also get started to soap bubbles blow Then/That is

дуже легка робота!..
very easy work

Той чоловік від біди вже так одурів, що й не
That man from trouble already so fooled that also not

розшолопав, як Домовик з нього зо зла глузує. Взяв
understood how (the) Brownie with him of evil ridiculed Took

мило, воду та соломинку, дав жінці
soap (the) water and (a bundle of) straw (he) gave (to the) woman

другу, й почали вони бульби дути. Як луснула одна,
(an) other and started they bubbles to blow As broke popped one

друга — зареготався Домовик, хряпнув щосили
(an) other — burst into tears (the) Brownie slammed hard

дверима, аж останні шиби з вікон
(the) door until the last window panes from (the) windows

повилітали, та й пішов собі геть: проситися у
flew out and also went himself away to beg of

Бісового Батька, щоб послав його до роботящих
(the) Demonic Father so that sent him to working

людей, де не потребуватиме він допомоги від
people where not will need he help from

Злиднів...
Bad spirits

Літавиця

Litavitsa

Гаврилко був добрий і слухняний хлопчик. За те його
Gavrilko was (a) good and obedient boy For that him

любили тато, мама й бабуня. А через те, що його
loved dad mother and granny And through that that him

всі любили й пестили, він щодалі робився все кращий
all loved and caressed he what-gave became done all better

та миліший. І жилося йому дуже добре...
and sweeter And was lived by him very well

Та якось одного дня заслабла його неня. Вона була
And somehow one day weakened his mama She was

в полі, там її застигла велика злива й промочила
in (the) field there her froze (a) great shower and soaked

наскрізь. Мама, як прийшла додому, не змінила мокрих
through Mother as came to home not changed (the) wet

черевиків на сухі, застудилася й сильно занедужала.
shoes on for dry (ones) caught a cold and strongly got sick

Вона хворіла потім кілька тижнів, й не помогли їй
She was ill then some weeks and not helped to her

жодні ліки: померла.
none medicine (she) died

З того часу Гаврилкові стало жити кепсько.
From that time Gavrilkov started to live bad

Тато увесь час був на роботі, а бабуся така
Dad all (the) time was at work And grandmother (was) so

стара та безсила, що їй тяжко було поробити навіть
old and powerless that to her heavy (it) was to do even
hard

хатню працю, не те щоб зважати ще й на Гаврилка.
home work not that so to mind yet also on Gavril
the housekeeping for

Тепер часто він був голодний, часто був невмитий,
Now often he was hungry often was unwashed

незачесаний, спав на брудних подушках. Крім того, він
uncouth slept on dirty pillows Except that he

увесь час мусив допомагати бабусі, чим тільки
all (the) time should help grandmother what only

міг. Лише на малу часинку сідав за книжку,
could Only on (a) little little hour (he) sat down by (a) book
for

щоб навчитися того доброго, що написано по книгах,
in order to learn that good that (is) written on books
the in

та щоб зробитися розумним, здібним помічником
and in order to become reasonable capable assistant

татові, як наказувала йому покійна матуся.
(of) daddy as ordered him (the) late mummy

Ще минуло небагато часу — померла й старенька
Yet gone (a) bit (of) time — died also (the) old

бабуся. Зовсім сумно та порожньо стало в хаті,
grandmother Completely sad and empty (it) became in (the) hut

мов у пустці. Гаврилко ж лишився вже майже
as in (a) wasteland Gavrilko already was left already almost

зовсім самітним, без жодного догляду та підмоги.
completely lonely without any care and help

Тато приходив додому пізно увечері, знесилений,
Dad came to home late (in the) evening exhausted

сумний, незадоволений. Вже більше він не грався з
sad dissatisfied Already more he not was playing with

своїм хлопчиком, не розповідав йому цікавих казок, не
his own boy not told him interesting fairy tales not

робив жодних іграшок. Навпаки, все частіше він гримав
made any toys Vice versa all more often he thundered

на невинного Гаврилка, що він брудний, нестрижений,
at innocent Gavril that he (was) dirty uncut

обдертий. Тобто гримав не за те, що Гаврилко
ragged That is (he) thundered not for that that Gavrilko

зробив щось лихе, бо ж хлопчик не міг сам
did something bad for already (the) boy not could himself

себе постирати чи полатати стару одежу. Тато гнівався
himself wash or patch up (the) old clothes Dad was angry

на нього через те, що почував горе, бо кожна людина,
on him through that that (he) felt grief for each man

коли вона має горе, стає несправедливою до
when she has grief becomes unfair to
(людина is feminine)

других й часто ображає зовсім невинних...
others and often insulting completely (the) innocent

І Гаврилко те розумів. Він не тільки не нарікав на
And Gavrilko that understood He not only not lamented on

свою долю, не тільки мовчки зносив незаслужені
his own fate not only silently bore (the) undeserved

прикрості, а — навпаки — силкувався чимсь
annoyance but — on the contrary — tried something

розважити бідного тата, викликати в нього усмішку на
to entertain (the) poor dad to cause in him (a) smile on

обличчі.
(the) face

Та тільки рідко це йому щастило...
And only rarely this him succeeded

Одного дня тато не пішов на роботу. Лишився він
One day dad not went on work Remained he

вдома, лагодив усе, що було в дворі, чистив та
home corrected all that was in (the) yard cleaned and

чепурив у хаті, повів до голяра Гаврилка постригти, а
groomed in hut led to barber Gavril to get a haircut and

сам добре виголився. Увечері ж, коли вони
himself fine was shaved (In the) evening already when they

прийшли додому, посадив собі Гаврилка на коліна, як
came to home planted himself Gavril on (the) knees as

бувало раніш, погладив його по голівці й сумно
happened before stroked him on (the) head and sadly

промовив,
said

— Ну, синку! Видко, що не можемо ми самі

— Well little son Visible that not can we ourselves

It's obvious

прожити без нені. Добра була у нас мама,

live without mommy Good was with us (the) mother

тільки ж покинула вона нас, пішла на небо!

only already left she us went on sky

to to heaven

У тата заблищали очі, й одна по одній побігли

With dad were shining (the) eyes and one on one ran

by

по щоках на вуса дрібні сльози. Він утер

on (the) cheeks on (the) mustache small tears He wiped away

їх хусткою й казав далі:

them (with a) handkerchief and said further

— Отож треба нам другої мами. Завтра ти її

— So necessary to us (a) second mom Tomorrow you her

матимеш. Тільки, диви, слухайся її, не переч, люби

will have Only wild (one) listen to her not argue love

don't

її, як і рідну маму любив. І годі тобі буде

her as also (a) birth mom loved Also enough to you (it) will be

добре, та й мені також...

ok then also me likewise

Гаврилко не знав, що й думати. Цілу ніч не

Gavrilko not knew what also to think (The) whole night not

заплющив він очей. Йому було гірко, що до них

closed he (the) eyes Him (it) was bitter that to them

прийде «нова» мама, бо він дуже любив тільки ту,

will come (a) new mother for he much loved only that (one)

колишню, ріднесеньку неньку. Тепер же не розумів,
(the) former familiar mommy Now already not (he) understood

як могтиме він віддати ту свою любов «новій»,
how can he give that his own love (the) new (one)

якої він навіть ще й не бачив... Але ж він був
which he even yet also not saw But already he was

слухняний та розумний хлопчик і пам'ятав, що тато
obedient and wise (the) boy and remembered that dad

робить так для того, щоб їм обом було краще.
works so for that in order (to) them both (it) was better

Тож мусить він послухатися тата, принаймні, коли не
So must he obey dad at least when not

для свого, то для його, татового, щастя.
for his own then for his daddy's happiness

На другий день була неділя. Тато одягся в нове
On second (the next) day (it) was Sunday Dad dressed in (a) new

вбрання, надяг і на Гаврилка найліпшу його
outfit put on also on Gavril (the) best (of) his

одежинку, а потім привів з церкви «нову» маму.
clothes and then led from church (the) new mom

Була вона зовсім чужою Гаврилкові, й він одразу
Was she (She was) completely alien to Gavrilkov and he at once

побачив, що не заступить вона йому рідної. Але
saw that not replace she him (the) birth (one) But

ж спочатку «нова» мама була доброю до хлопчика.
already at first (the) new mother was good to (the) boy

І він годив їй та всіма способами силкувався
And he satisfied her and in all ways tried

заслужити її любов.
to win her love

Та недовго так тяглося. Швидко стала мачуха
And not long so lasted Quickly began (the) stepmother

змінятися. Перестала вона його голубити, ніколи його не
to change Stopped she her caresses never him not

пестила, а потім вже й зовсім на нього не
caressed but then already also completely ~~on~~ him not

зважала. Ще далі почала вже його й лаяти. І
considered Yet further later started already him also to scold And

лаяла за все, завжди була з нього незадовільною,
scolded for everything always was with him unsatisfactory

за кожний його рух, за кожне його слово кричала.
for every his movement for each his word (she) screamed

Коли він брав у руки книжку, — вона вже гукала:
When he took in (the) hands (a) book — she already cried out

— І чого ти в ту книжку дивишся? Все одно
— And what for you in that book look All one In any case

будеш дурнем. Тільки й норовиш, щоб
(you) will be stupid Only also (you) want (it) that-would so that

нічого не робити. А я сама буду для тебе дрова
nothing not to work you don't have to work And I myself will for you wood

таскати?!
carry

Тим часом дров було повно біля печі, й топила
So sometimes firewood was full near (the) furnace and warmed

ж вона для всіх, не тільки для Гаврилка...
already she (the fire) for all not only for little Gavril

Коли ж він вносив у хату дрова й,
When already he carried in in (the) house (the) wood and

зачепившись за одвірок, ненароком впускав на долівку
grasping for (the) handle by accident let on (the) floor

дровеняку, вона вже кричала:
(the) woodcutter the axe she already screamed

— Кидай, кидай, роззяво! Сказано: загадай дурневі Богу
— Throw throw glow (It is) said order (the) fool to God

молитися, то він і чоло розіб'є!..
to pray then he also (the) forehead will break

Коли якось випадково за обідом у нього з ложки
When somehow accidentally by lunch of him from (the) spoon

падала на убрус крапля борщу, вона своєю ложкою
was falling on bite drop borscht she his spoon

била його по голові, примовляючи:
beat him on (the) head saying

— Тобі б тільки з свинями з корита їсти, а не
— You would only with pigs from troughs eat and not

за одним столом з людьми сидіти...
at one table with people sit

І що далі, все ставало гірше. Здавалося, що, чим
And that then further all became worse (It) seemed that what the

покірніший робився Гаврилко, тим дужче ненавиділа його
more humble did Gavrilko so the stronger hated him

мачуха. Особливо ж гірко стало жити бідному
(the) stepmother Especially already bitter (it) became to live for the poor

хлопцеві, коли у мачухи народився син. Тоді вже
boy when of (the) stepmother was born (a) son Then already

Гаврилкові просто не було життя в рідній батьковій
Gavrilkov simply not was (a) life in (his) birth father's

хаті. Увесь час працював він, не одпочиваючи,
hut All (the) time worked he not resting

безперестанку. Мусив і по господарству все
continually (He) should also on in (the) household everything

робити, й дитину доглядати, а мачуха за все
do and (the) baby watch over but (the) stepmother for everything

його тільки лаяла, а часто й била.
him only scolded and often also beat

Коли він стукав дверима, гукала, що він навмисне
When he knocked (on the) door (she) cried out that he intentionally

будить дитину. Коли він ходив на почепках, — дорікала,
wake up (the) baby When he walked on tiptoes — (she) cried

що він крадеться, мов злодій. Якщо ж Гаврилко
that he steals sneaks as (a) thief If already Gavrilko

чогось питався, вона уривала йому мову, щоб він
something asked she tore out him (the) tong so that he

«не ліз, куди його не просять»; коли він мовчав —
not climb where him not ask when he was silent —

глузувала, що він сидить, як опудало...
(she) mocked that he sits as (a) scarecrow

Незносимо гірко було від тої напасті та кривди, що
Unbearably bitter (it) was from those attacks and (the) wrongs that

чинила йому мачуха. А ще було гірше, що все
did him (the) stepmother And yet (it) was worse that all

менше та менше заступався за нього тато. Бо, коли,
less and less interceded for him (the) dad For when

бувало, він пробував заступатись за сина,
(it) happened (that) he tried to intercede for (the) son

мачуха й його дуже лаяла, дорікала, плакала,
(the) stepmother also him much scolded berated cried

мало не била...
little not was

Отож і лишився Гаврилко сам собі один-однісінький,
So also remained Gavrilko self by him one-little one
all by his little self

сам-самісінький. Навіть товаришів не було в нього поміж
all alone Even comrades not was in him among
were to

хлопцями, бо не було в нього за працею часу й
(the other) boys for not (it) was in him after work (the) time also
to

за ворота вибігти. І тільки коли траплялася вільна
by (the) gates to run out And only when happened (a) free
through

хвилина або ж мачуха кудись йшла з
minute or already (the) stepmother somewhere was going from

двору, тільки тоді хлопець міг вільно поплакати,
(the) yard only then (the) boy could freely cry

впавши навколішки перед маленьким образком своєї
having fallen on the knees before (a) small picture of his

рідної неньки. Й почав він її просити-благати,
birth mommy And started he her to beg-to beg

щоб змилосердилася вона над ним та забрала б
in order that was compassionate she over him and took away would

до себе, на небо, з цього тяжкого й трудного
to herself on/to sky/heaven from this heavy and difficult

життя.
life

А з високого неба дивилася на бідування свого
And from (the) high heaven watched on/in distress her own

любого сина його рідна неня, й рай не видавався
sweet son his birth mommy and paradise not seemed

їй раєм. Довго не знала вона, що зробити, як його
to her paradise Long not knew she what to do how him

пожаліти, коли вже не можна від лиха та кривди
to spare when already not (it's) possible from evil and wrongs

захистити. А потім почала вона проситися у ангелів,
to protect And then started she to beg of (the) angels

щоб зробили її Літавицею.
in order that (they) made her Litavitsa

Літавицею ж може бути тільки добра-добра людська
Litavitsa already may be only good-good human
a very good

душа, яка згодиться перейняти на себе страждання
soul which will agree to adopt on himself (the) suffering

безневинних людей, що терплять вони на землі. Тяжко
(of) innocent people that endure they on (the) land Heavy
Hard

те, дуже тяжко, й добре знала про те Гаврилкова
that very heavy and well (she) knew about that Gavrilkova's
hard

мати. Та не могла вона стерпіти, щоб далі заживав
mother And not could she tolerate that further lived through

її любий синок тих мук та страждання. От і
her beloved little son those torment and suffering There also

стала вона Літавицею, що спадає з неба
became she Litavitsa that goes down from (the) heaven
who

блискучою зіркою на землю в те місце, де жорстокі
(with a) shiny star on (the) earth in that place where cruel

та несправедливі люди мучать або знущаються над
and unjust people torture or bullied over

іншими людьми. Летить вона ясною зіркою, яку ми
other people Flies she (a) clear star which we

часто бачимо увечері. Поспішає вона на поміч
often see (in the) evening In a hurry she on help
to the aid

нещасливим, подає їм утіху в добрій надії, подає
(of the) unhappy gives (to) them comfort in good hope gives

їм розвагу в щасливому, радісному сні, стоячи
(to) them entertainment in (a) happy joyful dream standing

вночі над ліжком мученика. Й тим бере на себе
at night over (the) bed (of the) martyr And so takes on itself

частину його горя, полегшує його страждання.
part of his grief facilitates alleviates his suffering

От і почала та Літавиця прилітати до свого
There also started then Litavitsa to fly in to her own

бідолашного сина. Ставало йому легше на серці, коли
poor son (It) became to him easier on (the) heart when

вона була біля його. Відчував він, що хтось лагідний,
she was near his Felt he that someone gentle

ласкавий, любий невидимо кохає його, приносить йому
affectionate beloved invisible loves him brings him

тепло й надію, гріє його змучену душу. Спокійно спав
warmth and hope warms his exhausted soul Quietly slept

він вночі, а на личку його грала радісна усмішка.
he at night and on (the) little face of his played (a) joyful smile

Бачив уві сні красні райські сади, бачив
Saw in (the) sleep (a) beautiful paradise garden (he) saw

блискучих птиць, голосних та співучих, бачив ангелів у
shining birds loud and singing saw angels in

білих, сяючих одежах, а між ними — й свою
white shining clothes and between them — also his own

кохану неню. Раз у раз бачив він її однаково: в
sweetheart mommy Time in time saw he her equally in

темно-синіх оксамитових шатах, поверх яких
dark blue velvet shawls on top (of) which

спускалася прозора, блакитна серпанкова намітка,
was coming down (a) transparent blue mist cloak

проткана срібними нитками. А над головою в неї
punctured by silver threads And over (the) head in of her

палала вогненна, переливчаста зірка.
blazed (a) fiery glowing star

Матуся усміхалася до нього, схилялася над його личком,
Mummy smiled to at him bowed over his face

цілувала, пестила його, потішала й говорила, щоб
kissed caressed him comforted and spoke in order that

він був покірний та слухняний, щоб перетерпів всі
he was submissive and obedient in order that endured (he) all

муки, не лютився, не одчаювався. «Бо на землі, —
torments not was furious not despaired for on earth —

казала вона, — завжди так буває, що після лихого
said she — always so happens (it) that after evil

приходить добре, а після доброго — знову лихе...»
comes good and after good — again evil

Тільки ж добре не приходило, а лихого щодалі все
Only already good not came and evil further all

ставало більше...
happened more

Одного дня мачуха вибиралася до своїх родичів на
One day (the) stepmother was chosen to her relatives on

хрестини. Вона пишно прибралася, вищипалась,
(a) christening She magnificently got out squealed

напудрувалася, стала така шиковита, як міська пані.
was powdered became so chic as (a) city lady

Кілька разів тим часом наплескала Гаврилка, що їй
Several times that time (she) splashed at Gavril that her
blabbed

послугував, й, виходячи, наказала йому глядіти
(he) served and coming out punished him to look (after)
he should serve

дитини, поки не прийде додому батько.
(the) child until not will come home (the) father

Гаврилко сидів в темній хаті біля колиски й мріяв
Gavrilko sat in (the) dark hut near (the) cradle and dreamed

про свою маму. В нього палало насмикане вухо й
about his own mom In him blazed (the) smacked ear and

боліла рука, що по ній мачуха дуже вдарила
hurt (the) hand what on his stepmother very much hit

палицею. Він сидів і мріяв про одно: як би йому
with a stick He sat and dreamed about one how would to him
he

швидше вмерти, щоб бути вкупі з матусею...
rather to die in order to be together with mommy
die

Коли це він зачув в сінях важкі кроки: то
When this he heard in (the) shadows heavy steps then
At

прийшов його батько. Він був дуже п'яний. Останніми
came his father He was very drunk The last

часами це траплялося нерідко. Тоді, звичайно, всім в
times this happened quite often Then usually all in

хаті не було життя.
hut not was life
livable

— Де мати? — гукнув батько, ще стоячи на
— Where (is) mother — shouted father yet still standing on

порозі. — Чому не засвічено світла?
(the) threshold — Why not (was) lit (the) light

— Вони пішли до сусідів гостювати, а мені
— They went to (the) neighbors visit and me

загадали глядіти дитини й не веліли світити
(they) ordered to look (after) (the) baby and not ordered to shine

світла, — тихо відповів Гаврилко.
light — quietly replied Gavrilko

Батько почав лаятись, вхопив лампу й лагодився
Father started to swear grabbed (the) lamps and settled

її засвітити. Тільки ж його п'яні руки трусилися,
her to light up Only already his drunk hands were shaking
to light it

а ноги не тримали тіла. Він хитався з одного
And (the) legs not held (the) body He swayed from one

боку на другий та черкав сірника за сірником.
side to (the) other and yanked match after match

— Дайте я вам допоможу, тату! — промовив Гаврилко,
— Give I you help daddy — said Gavrilko

підходячи до нього.
coming up to him

Та вже було пізно. Батько дуже хитнувся й впустив
And already (it) was (too) late Father much shook and dropped

запаленого сірничка в гас. Спалахнув вогонь.
(the) lit match in (the) kerosene Broke out (a) fire

Гаврилко кинувся до батька, але той відштовхнув
Gavrilko rushed to (the) father but that (one) pushed away

його з такою силою, що хлопчик поточився й
him with such force that (the) boy has passed and

полетів навзнак, просто на колиску. З усього маху він
flew outward right on (the) cradle With total maha he

ударився об бильця колиски. Колиска перекинулася, а
struck about railing cradles Cradle turned over And

дитина, мов ворочок з сиром, гупнула на підлогу...
(the) child like (a) spinner from cheese slammed on (the) floor

Гаврилко на мить знепритомнів. Коли ж він
Gavrilko on for (a) moment fainted When already he

розплющив очі, то побачив перед собою вогненну
fluttered (the) eyes then (he) saw before himself fiery

пелену, нерухому дитину на підлозі, а на подвір'ї бігав
diaper (a) still baby on the floor And on (the) yard ran

увесь палаючий, мов розсвічений, батько...
all burning like dawn (the) father

Хлопчика враз напала думка кинутись у вогонь,
(The) boy at once on-fell (the) opinion to rush in (the) fire

згоріти там, умерти... Але ж він ще раз глянув на
burn there to die But already he yet once looked on

дитину й не зробив так, як помислив. «Спочатку
(the) baby and not did so as (he) thought First

треба врятувати безневинне створіння», —
(it's) necessary to save (the) innocent creature —

промайнула в нього нова думка. І він вхопив свого
flashed through in him (a) new opinion And he grasped his own

нерідного брата на руки й вискочив крізь вогонь
not of birth brother on in (the) hands and jumped out through (the) fire

надвір. Він вчув, як його попекло, ще бачив, що до
outside He heard felt how him baked yet saw that to

подвір'я почали збігатися сусіди, але далі вже не
(the) yard started ran together (the) neighbors but further already not

бачив нічого. У нього заточилася голова, жовті кола
(he) saw nothing In him sharpened (the) head yellow circles

побігли перед очима, й бідолашний хлопчик
ran before (the) eyes and (the) hapless boy

знепритомнів знову...
fainted again

І, коли Гаврилко лежав під повіткою, враз перед
And when Gavrilko lying down under (the) air at once before

його очима заблищало нове світло. То не була
him (in the) eyes shone (a) new light Then not (it) was

червона заграва пожежі. Якесь ніжне фіалове світло
(the) red glow (of) fire Some gentle purple light

розлилося навколо нього, й він так ясно, як ніколи
spilled around him and he so clear as never

раніше, побачив свою любу неньку. Вона схилилася над
before saw his own dear mommy She bowed over

ним, взяла його голівку собі на коліна, всього його
him took his head herself on (the) knees all (over) him

огорнула прозорою блакитною наміткою з срібними
wrapped (the) transparent blue cloak with silver

прошивками.
threads

— Мамо! Ненечко! — простогнав нещасний хлопчик. —
— Mom Sweet mommy — said (the) unhappy boy —

Візьми мене з собою! Врятуй мене! Я не хочу, не
Take me with yourself Save me I not want not

можу далі жити! Все одно тепер мачуха уб'є
can further live All one now (the) stepmother will kill
Anyway

мене!..
me

Літавиця заспокоювала його. Розповідала йому про те,
Litavitsa calmed down him Told him about that

як живуть в раю добрі душі, як вона стала
how (they) live in heaven good souls how she began

Літавицею й щоночі спадає з неба на землю на
(as) Litavitsa and every night goes down from heaven on earth on
to to

поміч нещасним та ураженим. Від тої тихої, любої
help (the) unhappy and afflicted From that quiet sweet

мови йому враз стало добре. В тілі розлилося по
talk him at once (it) became fine In (the) body spilled on
he became well

жилах тепло.
(the) veins warmth

Гаврилко вже не бачив, як догорала пожарина, не
Gavrilko already not saw as burned out fire not

чув, як голосила його мачуха над мертвою дитиною,
heard how cried his stepmother over (the) dead child

не помітив, як зовсім попеченого його тата понесли
not noticed how completely baked his dad have suffered

до лікарні!
to (the) doctors

— Ну, мій любий! — говорила йому ненька. —
— Well my beloved — spoke to him (his) mommy —

Надходить вже мій час: я мушу вертати! Чекай мене
Comes already my time I must return Await me

увечері!..
(in the) evening

— Мамо! Візьми мене з собою!
— Mom Take me with yourself

— Не можу, синку. Не маю сили, бо ти мусиш
— Not (I) can little son Not (I) have (the) forces for you must

жити. Перед тобою ще довге життя, але ти не
live Before you (is) still (a) long life But you not

бійся. Воно швидко тобі буде добре. До того
be afraid It (is) quickly (that) to you (it) will be good To that

ж часу я буду тебе доглядати, прилітатиму до тебе
already time I will you watch over will arrive to you

з неба...
from heaven

Вона обнімала його й ще кілька разів міцно цілувала...
She hugged him and still some times firmly kissed (him)

Коли це в сусідньому дворі заспівав півень...
When this in (the) neighboring yard sang (the) rooster
At

— Прощай! — промовила Літавиця й звилася з
— Goodbye — said Litavitsa and swirled from

землі.
(the) earth

Напнувши всі свої сили, малий Гаврилко вхопився
Straining all his forces small Gavrilko himself grabbed

рученятами за її оксамитове вбрання й так і
(with the) little hands by her velvet outfit and so also

закляк на ньому.
stuck on him
it

Він вчув, як його легеньке тіло відірвалося від
He felt how his light body came off from

землі, як навколо нього обвіває свіжий вранішній
(the) ground how around him blows around (the) fresh morning

вітерець. Він побачив під собою своє село, на краю
breeze He saw under himself his own village on land

якого ще жевріло багаття, побачив, як на сході
which still burned (the) fire (he) saw how on (the) east
in

рожевіє крайнебо...
became pink (the) horizon

— Сину мій, сину! Що ти зробив? — почув він
— Son my son What you did — heard he

розпачливий неньчин голос. — Ти — живий, ти не
(the) desperate mommy's voice — You — alive you not

можеш летіти зі мною до Королівства Мертвих. А я
can fly from me to (the) Kingdom (of the) Dead And I

вже не можу вернутися, не можу й пустити тебе,
already not can go back not can also let go (of) you

бо ж ти тяжкий, як всяка людина, впадеш і
for already you heavy as each human (you) will fall and

вб'єшся... Так будь же ти пташкою, пташкою
(you) will kill yourself So be already you (a) bird (a) bird

ранньою, що співає хвалу сонцю, як сходить воно над
early that sings praise (to the) sun as goes it over

землею!..
(the) land

Тоді Гаврилко почув, як руки його розімкнулися.
Then Gavrilko felt how (the) hands (of) his opened

Ще мить одну він бачив зорю на чолі нені,
Still moment one he saw (the) star on (the) head (of the) mommy

а потім і зоря, й неня зникли, мов
and then also (the) star also (the) mommy disappeared as

пірнули в сяйві сонця...
(they) plunged in (the) glow (of the) sun

А він тріпотів манісінькими крильцятами...
And he fluttered (with) tiny wings

Щасливий, повний радощів, напоєний безмежною волею,
Happy full of joy filled (with) boundless freedom

заспівав Гаврилко дзвінкої пісні, все вище й вище
sang Gavrilko ringing songs all higher and higher

підлітаючи вгору, до неба, до сонця... Навколо себе
flying above to (the) heaven to (the) sun Around himself

він чув такий самий спів і бачив, як, теж
he heard such same singing and saw how also

тріпочучи крильцями, летять до неба такі, як і
(with) fluttering wings fly to (the) heaven such as also

він, маленькі пташки — жайворонки...
he small birds — larks

Так став бідолашний Гаврилко жайворонком.
So became poor Gavrilko (a) lark

Щоранку він вилітав над поле й співав своєї
Every morning he flew out over (the) field and sang his own

дзвінкої, радісної пісеньки. А щовечора, коли вже
cheerful joyful songs And every evening when already

збирався спати, бачив він здалеку, як темним
(he) was going to sleep saw he from afar how (from the) dark

небом спадала зірка Літавиця, його люба ненька, що
sky fell (the) star (of) Litavitsa his beloved mommy that

поспішала з добрим словом та щасливим сном до
hurried with good word and happy dream to

бідних дітей. Він озивався до неї своїм дзвінким
(the) poor children He spoke to her (with) his own ringing

голоском, а вона усміхалась йому...
voice and she smiled (at) him

А там, у селі, лиха мачуха думала, що
And there in (the) village (the) evil stepmother thought that

Гаврилко згорів у пожежі.
Gavrilko burned in (the) fire

Printed in Great Britain
by Amazon

43463788R00080